KB158571

짝퉁샘과 시바클럽

SEOUL, 2015

짝퉁샘과 시바클럽

초판 제1쇄 발행일 2015년 10월 15일
초판 제3쇄 발행일 2017년 4월 5일
지은이 한정영 그린이 조용석
발행인 이원주 본부장 김문정
편집 박진희, 장혜란, 임선아, 고한빈 디자인 남희정, 김효연
마케팅 이홍균, 박병국, 양윤석, 김유정
저작권 이경화 제작 박주현
발행처 (주)시공사 주소 서울시 서초구 사임당로 82
전화 영업 2046-2800 편집 2046-2821~4
인터넷 홈페이지 www.sigongsa.com

지음 ⓒ 한정영, 2015

ISBN 978-89-527-8160-4 43810
ISBN 978-89-527-5572-8 (세트)

*시공주니어 홈페이지 회원으로 가입하시면 다양한 혜택이 주어집니다.
*잘못 만들어진 책은 구입하신 서점에서 바꾸어 드립니다.

짝퉁샘과 시바클럽

한정영 지음 · 조용석 그림

시공사

차 례

콩글리시 짝퉁샘

저런 녀석을 시바클럽에 끼워 줘야 한단 말이야? 툭하면 짝퉁샘에게 전쟁 이야기나 해 달라고 조르는, 게다가 초등학생처럼 아직까지 장난감 총을 학교에 가져와서 총싸움이나 해 대는 저런 찌질이를?

10분 전만 해도 그랬다.

다림이 녀석은 맨 앞자리에 앉아 영어 시간 보결로 들어온 짝퉁샘에게 월남전 이야기를 해 달라며 아양을 떨었다. '월남전 참전 용사'라는 수식어로 짝퉁샘을 치켜세우면서. 그런데 6·25 전쟁도 아니고 월남전은 대체 또 뭐람? 하긴 못 이기는 체하며, "그 당시에는 베트남도 우리나라처럼 남북이 분단되어 있었어."라는 말로 이야기를 시작한 짝퉁샘은 또 어떻고? 무슨 오래된 명작 영화의 주인공이라도 되는 듯이, 가슴에 수류탄을 주렁주렁 매달고 밀림을 누볐다는 이야기에 이어 "나도 베트콩을 향해서 기관총을 막 쏴 댔지! 두두두두!" 하는 대목에 이르렀을 때, 마침내 짝퉁샘은 침을 발사하기 시작했다. 어이없게도 다림이는 그 총탄(?)을 온몸으로 받아 내며 허공에 대고 손가락 총질을 해 댔다. 미소는 짝퉁샘의 집중 사격을 받고도 다림이가 아직 전사하지 않은 게 신기하기만 했다.

그럼에도 불구하고 다림이만큼은 끌어들여야 했다. 녀석은 오래전부터 태극이의 셔틀이었으니까. 빵 셔틀부터 체육복 셔틀에, 와이파이 셔틀까지! 오히려 그렇기 때문에 다림이는 태극이의 잘잘못을 속속들이 다 알고 있을 터였다. 위험 부담은 컸지만, 녀석의 존재 자체가 '증거'랄까. 행여 겁을 집어먹고 그 계획에 대해서 태극이에게 까발리지만 않는다면, 가장 쓸모 있는 녀석임에는 틀림없었다.

'그래, 내 메일을 받았으면 나타날 거야. 녀석은 태극이의 셔틀이 되기 전부터 나랑 친구였으니까. 게다가 우리 둘리분식에 데려가 공짜로 먹인 김밥만 몇 백 줄인데! 설마 7, 8년 우정을 김밥처럼 말아 먹지는 않을 거야. 잡도리만 잘 해 두면 돼!'

미소는 저 혼자 고개를 끄덕이며 녀석의 뒤통수를 쳐다보왔다.

그즈음 짝퉁샘이 책장을 넘기면서 말했다.

"자, 다음 페이지 볼까? 아워 수퍼르스티션즈는 종종 콘넥티드 했어. 뭐랑? 투 컬쳐 앤드 트래디션즈랑(Our superstitions are often connected to culture and traditions)."

반 아이들 말로는, 영어가 집 나와서 개고생 한다고 했던가? 하긴 짝퉁샘이라는 별명도 그래서 붙은 것이지만.

짝퉁샘은 한 줄을 읽고 안경 너머로 아이들을 훑어보았다.

바로 그때, 교실 뒷문이 열렸다. 고개를 돌려 보니, 태극이였다. 놈은 한쪽 어깨에 청색 백팩을 걸치고 고개를 숙인 채 들어왔다. 아무도, 심지어 짝퉁샘조차 의식하지 않고 놈은 문쪽 가장 뒷자리에 앉았다.

"늦었구나? 그래, 무슨 일로?"

짝퉁샘이 안경을 손으로 추어올리며 물었다.

"너, 이 새끼! 뭐 하다 이제 들어와?" 짝퉁샘이 그렇게 호통이라도 칠 줄 알았던 미소는 맥이 풀리고 말았다. 짝퉁샘은 하얗게 센 머리를 쓸어 넘기며 태극이를 쳐다보았다. 게다가 저 인자한 미소라니?

"봉사 활동 때문에 늦었습니다."

"아! 그랬지. 맞다. 어서 앉아라."

짝퉁샘은 더 이상 묻지 않았다.

흥! 미소는 코웃음을 쳤다. 봉사 활동? 그건 8시 30분 전에 마쳤어야 하는 거 아니야? 얼결에 입 밖으로 소리를 낼 뻔했다. 틀림없이 놈은 30분 넘게 딴짓을 하다 온 게 분명했다. 아이들 사이에 돌고 있는 소문처럼 숨어서 담배라도 피우고 왔는지도 모를 일.

*

지난주 목요일 아침, 엄마들 여럿이 교무실에 나타났다. 윤희 엄마가 앞장섰다. 학교운영위원회 학부모 대표 중 한 사람인 윤희 엄마는 그 핑계로 교무실을, 학교 앞 자금성 철가방 번개맨보다 더 자주 드나들었다. 하루 종일 거의 한마디도 하지 않는 윤희와는 다르게, 윤희 엄마의 목소리는 가끔씩 복도에까지 흘러나왔다. 윤희 엄마는 자주색 원피스에 요란한 장식이 달린 목걸이를 걸고 나타났는데, 아이들은 '저 팔계 이모'가 나타났다고 쑤군거렸다.

"도대체 어떤 놈이 우리 윤희한테 앵벌이를 시켰느냐고요?"

윤희 엄마는 교무실에 들어서자마자 목청을 높였다. 그리고 큰 눈알을 굴리며 사방을 두리번거렸다. 선생님들은 그 시선을 피하느라 저마다 딴청을 했다. 안쓰러울 지경이었다. 어쩌면 윤희 엄마의 빨간 입술에 물어뜯길까 봐 겁이 났는지도 모를 일이었다. 그런데 하필 교무실 청소 당번이던 미소는,

회의용 탁자를 닦고 있다가 윤희 엄마와 눈이 마주치고 말았다. 순간 미소는 깜짝 놀랐고, 반사적으로 몸통바로지르기 동작을 취할 뻔했다.

그나저나 앵벌이라니? '묻지마 심부름센터'를 한다는 말은 들었지만, 이번엔 앵벌이라고?

"어머님, 우선 저쪽으로 앉으시죠."

안절부절못하던 교감 선생님이 소파 쪽으로 자리를 권했지만, 윤희 엄마는 손을 내저었다. 그러더니 "앉기는 뭘 앉아요? 그 아이 이름이 뭐랬더라? 태국인가, 필리핀인가?" 했다.

"태국이요. 애 엄마가 베트남 사람이랬어요. 무료 급식을 받는 애라죠?"

옆에 있던 다른 엄마가 검은 안경테를 고쳐 쓰며 거들었다. 감청색 정장에 흰 블라우스를 받쳐 입은 모습이 영락없는 교회 집사님의 모양새였다. 당장이라도 가방에서 성경책을 꺼낼 것만 같았다. 말은 또 한 마디 한 마디가 어찌나 다소곳한지. 점심시간마다 성경책을 펴 놓고 읽는 유진이의 엄마였다.

"네! 어쨌든 보고받았으니까, 저희가 처리하겠습니다. 우선 소파에 앉아서……. 거기, 너희는 이제 교실로 돌아가!"

문득 교감 선생님이 미소와 다른 세 명의 아이를 향해 말했다. 미소는 하는 수 없이 걸레와 빗자루를 챙겼다. 바로 그때 짝퉁샘이 교무실 문을 열고 들어왔다.

그날, 태극이는 하루 종일 눈에 띄지 않았고, 윤희는 입을 열지 않았다. 아이들은 앵벌이 사건에 대해 쉬는 시간마다 쑤군댔다. 하지만 누구의 이야기를 엿들어도 속 시원한 내용은 없었다. 미소는 너무나 궁금한 나머지 태극이의 똘마니인 본오에게라도 물어보려다가 그만두었다.

앵벌이 사건의 진실에 대해 들은 건, 집에 가는 길에 다림이로부터였다. 다림이는 발바리처럼 이리저리 뛰어다녀 얻어 낸 정보라면서 다짜고짜, "월곡역 뒤에 있는 호박나이트클럽 알아?" 하고 물었다. 미소가 "거기는 왜?"라고 되묻자 녀석은 "세민이하고 윤희랑 본오, 그리고 다른 반 애 두 명이 그동네에서 호박나이트클럽 광고 지라시를 돌렸다더라!" 하고 말했다.

"야! 그게 무슨 성장판 닫히는 소리야? 걔들이 뭐가 부족해서 그런 알바를 해?"

미소는 다림이를 붙잡아 세우고 물었다.

"알바가 아니라 앵벌이를 한 거야. 태극이가 걔들 앵벌이 시킨 거라고! 그러니까 알바는 태극이가 하는 거였지. 지라시 천 장 돌리면 3만 원인가 받기로 했대."

"그걸 애들한테 돌리라고 했다는 거야? 천 장을?"

미소는 얼른 되물었다. 그러자 다림이는 고개를 저으며 무심한 표정으로 말했다.

"아니. 2천 장!"

"그럼, 알바비는 나눠 갖고?"

미소는 당연히 그럴 거라 생각했다. 하지만 다림이는 또 한 번 머리를 저었다.

"알바비는 나눠 갖긴 했어. 2천 원을 줬다던가, 3천 원을 줬다던가? 나머지는 태극이가 가졌지."

할 말이 없었다. 하다 하다 별짓을 다 한다, 싶었다. 미소는 어이가 없어서 한참 동안 대꾸하지 못했다.

그러나 미소에게 더 어이없는 일은 그게 아니었다. 엄마들이 쓰나미 밀려오듯 주르르 학교에 나타나 교무실을 뒤집어 놓고 갔음에도 불구하고 태극이에게 내린 징계가 고작 봉사 활동 20시간이라는 사실이었다. 어떤 아이들은 태극이가 애들을 때린 것도 아닌데, 오히려 과한 처벌이라는 말도 했지만, 미소의 생각은 그 반대였다. 아이들에게 삥 뜯는 방법이 너무나 치사했다. 추측건대, 이런 말도 안 되는 일의 배후에는 분명히 짝퉁샘이 도사리고 있을 것이라고 미소는 확신했다. 그리하여 다림이와 세민이에게 '시바의 여왕'이란 이름으로 메일을 보낸 것도 절대 '잉여 짓'이 아니고, 썩 잘한 일임에 틀림없다고 자신을 다독거렸다. 비록 그 내용은 교장 선생님 훈화 말씀보다 더 민망했지만.

할 말이 있어. 태극이에 관해서야.

내일 점심시간에 도서관 음악자료실로 와.

그 정도로만 할걸. 메일이 아닌 문자 메시지나 메신저로도 할 수 있었는데. 차라리 그게 훨씬 더 인상적이었을 텐데. 태극이란 이름에서 자유로운 놈은 하나도 없을 테니까. 그런데 거기에 이번에야말로 태극이라는 놈의 실체를 낱낱이 파헤쳐야 한다는 둥, 특히 태극이의 배후에 짝퉁샘이 있다는 걸 반드시 밝혀내야 한다는 둥, 더 가관인 건, 그게 학생으로서 우리 임무이기도 하고 폭력에 시달리는 친구들을 진정 돕는 길이야, 라는 말. 아, 이게 무슨 목사님 설교도 아니고. 그뿐만 아니라, 너희의 소중한 판단이 우리 반, 아니 우리 학교의 미래를 바꿔 놓을 거야, 라는 구절은 어쩔 셈이냐고!

'미친년!'

미소는 제 머리를 몇 번이나 쥐어박았다. 하지만 메일은 이미 보냈고, 더군다나 벌써 읽어 버린 메일을 되돌릴 수도 없는 노릇이었다.

"쳇!"

미소는 부지런히 걸었다. 도서관은 1학년이 사용하는 소명관 3층 남쪽 끝에 있었다. 3학년이 사용하는 본관 건물과 소명관은 구름다리로 연결되어 있지만, 거기까지 빙 돌아가는 게 싫어서 미소는 주차장을 가로질렀다.

"아, 씨발. 어떤 놈인지 잡히기만 해 봐라! 장희빈이 먹은 사약보다 세 배는 더 진한 걸로 먹여 줄 테니까!"

건물 모퉁이를 돌아서려는데 욕설이 들려왔다. 두어 걸음 더 나서자 역사 선생님이 눈에 띄었다.

역사 선생님은 씩씩거리면서 자동차 앞 유리를 박박 문지르고 있었다. 미소는 무슨 일인지 곧 알아차렸다. 자동차 앞 유리에 형형색색의 우유가 엎질러져 있었다. 흰우유, 초코우유, 딸기우유 삼단 콤보였다. 한눈에 보아도 누군가 고의적으로 한 장난이 틀림없었다.

"야! 너, 이리 좀 와 봐."

"저, 저요?"

"그래, 주방 상궁같이 생긴 애, 너 말이야."

미소는 울컥했다. 쳇! 자기는 말단 내시도 못 할 비주얼이면서. 오죽하면 별명이 '조선 골룸'일까. 미소는 속으로 두덜대면서 조선 골룸 앞으로 다가갔다.

"저거 좀 주워서 쓰레기통에 버려."

조선 골룸은 바닥에 버려진 우유 팩을 가리켰다. 미소는 흩어져 있는 우유 팩을 주워 들었다. 그리고 소명관 현관 쪽으로 걸어갔다.

그때, 소명관 2층 북쪽 끝 창에 누군가의 모습이 눈에 들어왔다. 태극이였다. 다른 아이라면 긴가민가할 만한 거리였지만, 미소는 놈이 태극이라는 걸 대번에 알아챘다. 녀석과는 초등학교 3학년 때부터 태권도장에 함께 다녔기 때문에 멀리서 걷는 모양새만 보고도 짐작이 갔다. 더구나 놈은 지금 왼손(!)으로 휴대폰을 붙잡고 이쪽을 향해 얼굴을 내밀고 있지 않은가. 아마 동영상을 찍는 모양이었다.

그런데 무얼 찍고 있는 걸까?

순간 미소의 머릿속에 무슨 생각이 휙 스쳐 지나갔다. 미소는 재빨리 소명관 현관 안으로 들어갔다. 그리고 2층 계단으로 뛰어올라 북쪽 복도 끝을 보았다. 깡충깡충 뛰면서, 복도를 오가는 1학년 아이들 머리 위로 쳐다보았지만 태극이는 보이지 않았다. 미소는 복도 끝으로 달려갔다. 복도를 지나는 1학년 아이들과 여러 번 몸을 부딪쳤다.

복도 끝.

1층으로 내려갈까, 3층으로 올라갈까 하다 위쪽 계단으로 뛰었다. 역시 태극이는 보이지 않았고, 1학년 아이들만 여럿이 오갔다.

'아, 아래층!'

미소는 복도에 난 창을 얼른 열었다. 그리고 아래를 내려다보았다. 거기에 있었다. 화단 안쪽, 향나무 옆 긴 나무 의자에, 태극이는 미영이와 나란히 앉아 있었다. 태극이는 방금 전에 찍은 듯한 동영상을 미영이에게 보여 주는 것 같았다.

잠시 뒤, 미영이가 지갑에서 돈을 꺼내 태극이에게 주었다. 얼핏 보아도 만 원짜리 두 장이었다. 맞다. 조선 골룸의 자동차를 그렇게 만든 건, 태극이었다. 그 일을 시킨 건 조미영이었을 테고. 평소 미영이는 조선 골룸을 싫어했다. 못생겨서 싫다나? 자기가 그런 말 할 처지는 분명 아닌데. "조미영은 다 완벽한데 유일하게 신의 저주를 삼단 콤보로 받은 게 얼굴이야!"라는 다림이 말을 생각해 보면, 미영이 낯이 참으로 두껍기는 하다.

물론 며칠 전 역사 시간에 무안을 당해서였는지도 모른다. 조선 골룸이 독도 이야기를 한참 하고 있는데, 미영이가 "독도가 우리 땅이라는 증거는 지도 몇 장 말곤 없지 않나요?" 하고 물었다. 그러자 조선 골룸은 "예로부터 우리 조상들이 살아온 터전이라는 것보다 더 명확한 증거가 어딨어? 과외 선생이 그렇게 말하디?" 했다. 미영이는 얼굴이 빨개져서 고개를 숙였다. 그러면서 "씨발!" 했다. 뒷자리에 앉은 내 귀에도 분명히 들렸다.

아니, 중요한 건 그게 아니었다.

'지금 눈앞에서 벌어지고 있는 일들이 내가 추측한 대로라면, 태극이가 심부름센터를 한다는 게 사실인 걸까?'

미소는 얼마 전 다림이가 한 말이 대뜸 떠올랐다.

"태극이가 심부름센터 한대."

그 말을 처음 들었을 때만 해도 미소는 태극이가 알바라도 하는 줄 알았다. 하지만 그게 아니었다.

"태극이가 애들한테 돈 받고 심부름해 주는 거야. 말하자면 '묻지마 심부름센터'라고나 할까?"

미소가 고개를 갸웃거리자 다림이는 왜 너만 모르냐는 듯한 표정을 지어 보였다. 그리고 이어 말했다.

"어른들이 하는 거랑 똑같아. 돈 안 갚는 애한테 돈 받아 주는 것도 하고 말이야. 아, 학원에 대신 가 주는 일도 한댔어. 혹시 모르지. 돈만 주면 아무나 때려 주는 짓도 할지! 그리고 선생님들 골탕 먹이는 것도."

그뿐이 아니었다. 뭐라고 되물을 틈도 없이 다림이가 연거푸 말을 이어 갔다.

"참, 얼마 전에 기술가정 선생님, 우리 반 교실 앞 복도에서 커피 뒤집어쓰셨잖아. 그거 태극이가 그런 거래."

이건 또 무슨 말일까?

"그건 태민이가 선생님이랑 부딪친 거잖아."

미소가 소리 높여 말했다. 그러자 다림이는 고개를 저었다.

"아니야. 태극이가 시켜서 일부러 부딪친 거야."

들을수록 가관이었다. 미소는 인상을 찌푸리며 왜냐고 물었다.

"왜긴! 그날 명수가 기술가정 선생님한테 혼났잖아. 그게 억울하다면서 태극이한테 부탁했어. 아니지, 의뢰지!"

미소는 실감이 나지 않았다. 하지만 그 정도는 아무것도 아니었다.

"참, 숙제도 대신해 준대."

그 말에 미소는 어안이 벙벙했다.

"무슨 소리야? 공부도 못 하는 애가 무슨 숙제를 대신해 줘?"

그러자 다림이는 피식 웃었다.

"공부 잘하는 애를 고용하면 되지."

방금 전에는 '의뢰'라더니, 이번엔 '고용'이라고? 무슨 단어들에서 이렇게 조폭 영화 냄새가 나는 거야? 미소는 그게 무슨 말이냐며 되물으려다 말았다. 다림이가 곧바로 이어 말했기 때문에 그럴 필요가 없었다.

"숙제를 대신해 주는 값으로 의뢰인한테 만 원을 받으면, 공부 잘하는 애한테 3천 원쯤 주는 거야. 세민이도 요즘 그거 한다는데?"

미소는 아무리 곱씹어 봐도 이해할 수 없었다.

태극이와 미영이는 곧 본관 쪽으로 사라졌다. 미소는 두 사람이 사라질 때까지 창문에 기댄 채 서 있었다.

＊
＊

"난 돈 벌 거야! 그러니까 나 좀 귀찮게 하지 마! 태권도 국가 대표 선수? 올림픽 금메달? 내가 아무리 열심히 해도 안 된다는 거 네가 더 잘 알잖아. 이제 나한테 신경 꺼!"

미소가, 올림픽에 나가서 금메달을 따겠다는 꿈은 버린 거냐고 물었을 때 태극이의 대답이었다. 그 말을 한 지 벌써 1년도 더 되었다.

태극이가 태권도를 그만둔 건 작년 이맘때쯤이었다. 태극이 엄마가 '도망쳤다'는 소문이 아이들 사이에서 떠돌던 무렵이었다. 하필이면 전국소년체전을 코앞에 둔 때라, 태권도장 사범님은 보름 동안이나 태극이를 쫓아다녔다. 그만두더라도 이번 시합에는 꼭 참가하라고, 연습은 안 해도 좋으니 시합 날에는 꼭 나오라고. 사범님은 태극이가 지역 예선만큼은 반드시 1등으로 통과하리라 확신하는 듯했다. 이미 초등부 때 세 번이나 전국소년체전 8강에 들었으니까.

태극이는 초등학생 때부터 발차기 한 동작만 봐도 또래 아이들과 달랐다. 고등학생들처럼 한 동작 한 동작에 무게가 있고, 내지르고 뻗는 손끝과 발끝이 날카로웠다. 공부나 다른 쪽에는 둔한 편이었지만, 태극이는 태극 8장을 단 세 달 만에 익힐 만큼 재능을 보였다. 길을 가면서도 연습했고, 하물며 수업 시간에도 가만있지 못하고 꼼지락댔으니 그럴 만도 했다. 그래서 미소도 매달렸다.

"엄마 때문에 그런 거야? 지금은 같이 안 계셔도 네가 우승하면 엄마가 정말 좋아하실 거야."

하지만 그 말은 통하지 않았고, "이번 시합에 나오지 않으면 너한테 정말 실망할 거야!"라는 말도 소용없었다. 태극이는 끝끝내 시합장에 나타나지 않았다.

"태권도가 뭐가 중요해요? 저는 돈 벌 거예요."

시합이 끝나고 이틀 만에 태권도장에 나타난 태극이는, 사범님이 왜 시합에 오지 않았느냐고 묻자 그렇게 대답했다. 짐을 가지러 왔다면서 정말 짐만 달랑 챙기더니, 더 이상 아무 말 없이 가 버렸다. 그러고는 두 번 다시 태권도장에 나타나지 않았다.

미소는 태극이가 괘씸해서 한동안 태극이와 말도 하지 않고 지냈다.

'내 말은 들을 줄 알았는데……. 5년 넘게 같이 태권도장을 다니면서 내가 끓여 준 라면만 해도 몇 상자인데! 면발 길이로 치면, 지구를 서너 바퀴나 감고도 남을 텐데.'

그런 생각을 하니 무지 섭섭했다. 썰지 않은 통단무지로 귀싸대기라도 한 대 후려치고 싶었다. 게다가 일진(!)이라니. 미소는 그 생각만 하면 숨이 탁 막혔다.

그때 음악자료실 문이 스르르 열렸다.

"뭐야? 너 혼자 있어?"

다림이였다. 녀석은 얼굴만 들이밀고는 두리번거렸다.

"뭐 해, 들어오지 않고?"

"아, 알았어. 잠시만."

다림이는 안으로 들어오더니, 이번에는 고개를 문밖으로 내밀고는 두리번거렸다.

"뭐 하는 거야?"

"아니, 혹시 누가 미행하는지 살피는 거야. 그런데 네가 씨발의 여왕이야?"

"씨발이 아니고, 시바! 시바의 여왕이라고!"

미소는 힘주어 말했다. 아, 저런 진공 상태나 다름없는 뇌를 가진 놈! 미소는 머리라도 한 대 쥐어박을까, 하다 그만두었다.

"그게 그거지 뭘! 어쨌든 너랑 나랑 둘뿐이야?"

"야, 어떻게 그게 그거야. 시바의 여왕은 성경에 나오는 인물이야. 그녀가 낳은 솔로몬의 아들이 에티오피아를 건국했다는 전설이 있어. 아, 아니다. 네가 뭘 알겠냐."

미소는 손을 내저었다. 구구절절 설명해서 뭐하나 싶었다.

시바의 여왕은 엄마가 좋아했다.

"엄마는 미소가 시바의 여왕처럼 아름답고 지혜로운 사람이 되면 좋겠어!"

엄마는 눈을 감기 며칠 전까지도 그런 말을 했다. 그래서 포털사이트 아이디며, 온라인 카페 닉네임을 모두 시바의 여왕으로 정했다. 그런데 그걸 씨발이라니!

그때 반장 세민이가 급하게 뛰어 들어왔다. 그리고 방금 전 다림이가 그랬던 것처럼 문밖을 두리번거린 다음 문을 쾅 닫았다.

"도대체 어쩌자는 거야? 태극이를 어떻게 한다고? 짝퉁샘이랑 뭐, 어떻다고? 그걸 네가 어떻게 알아?"

세민이는 횡설수설했다. 여자애들보다 더 희고 가느다란 손가락으로 허공을 찔러 대며 말하면서 연신 사방을 두리번거렸다. 동그란 얼굴이 발갛게 상기되어 있었다.

"세민아, 진정해. 여기엔 우리 셋뿐이야."

"셋? 우리가 전부야?"

다림이가 물었다. 미소는 고개를 끄덕였다.

"부반장 신영이한테도 메일을 보냈는데 답장을 보내왔어. 끼지 않겠다고."

"나도 마찬가지야. 난 빼 줘!"

세민이가 실큼한 투로 힘주어 말했다.

"반장, 너도 태극이 숙제 셔틀이라며? 억울하지 않아? 졸업할 때까지 계속 그럴 거야?"

"네가 무슨 상관이야?"

"상관이 아니라……."

"그러니까 뭘 하자는 거야? 태극이랑 짝퉁샘 뒤를 캐서 확 불어 버리자 이거지?"

다림이가 끼어들었다.

"불어 버린다기보다……. 녀석이 하는 짓이 좀 심하잖아. 오늘도 봤지? 다른 선생님 같았으면 태극이 머리가 남아나지 않았을걸. 엄청 욕먹었거나."

미소는 목소리를 높였다. 그러자 다림이가 고개를 끄덕였다.

"내 말이 그 말이야. 그 새끼는 무슨 전생에 나라를 구했나?"

"그럼, 우리는 나라를 팔아먹었냐?"

미소는 자신도 모르게 발끈했다.

"그렇지 않으면 뭐야? 태극이는 셔틀시키고도 대우받고, 나는 셔틀이나 당하고. 아, 쓰벌! 나도 빨리 나라를 구하던가 해야지."

"야! 지금 나라 구해서 언제 써먹게? 그리고 나라가 무슨 게임 아이템이냐? 그렇게 쉽게 구해지게."

"아무튼 짝퉁샘은 도대체 왜 일진 녀석을 싸고도는 거냐고, 응? 누가 투서도 보냈다며?"

그랬다. 그 일로 학교가 발칵 뒤집혔다. 태극이가 이웃 사원중학교 2학년 여자아이를 성희롱했다는 내용이었다. 그것도 고등학생들과 무리 지어서. 누군가 그 현장을 목격하고 학교에 투서를 보냈고, 그래서 일주일 동안 학교가 뒤숭숭했다. 소문의 진위는 알 수 없었지만, 아이들은 태극이 앞에서 대놓고 말은 못 하고 뒤통수에 대고 변태 새끼라고 손가락질했고, 갈 데까지 갔다는 둥, 베트남으로 꺼지라는 둥, 별의별 욕을 해 댔다. 그런데 며칠 만에 성희롱당하는 아이를 오히려 태극이가 구해 준 것이라고 담임 선생님이 공식적으로 선언(!)했다. 거기에 더하여 짝퉁샘은 '태극이가 정의로운 일을 했다'면서 박수까지 치도록 했다. 번번이 "태극이만 한 아이가 없지!"라면서 칭찬했다. 뭐가 어찌 된 노릇인지 알 수 없었다.

"그래서 우리가 태극이랑 짝퉁샘의 비리를 캐내서 교육청에 제보라도 하자고?"

세민이가 빈정댔다. 하지만 다림이는 환호성을 질렀다.

"좋아! 멋있다! 난 할래! 그 순진하고 발랄한 새끼, 혼 좀 나야 해."

"무슨 소리야? 태극이가 순진하고 발랄해?"

말도 안 되는 소리라는 생각에 미소는 다림이에게 물었다. 그러자 다림이가 천진난만하게 대답했다.

"응. 아무리 봐도 순 지랄하고 발랑 까진 새끼잖아."

그게 그 뜻이었다니. 미소는 어처구니가 없었다. 그래서 핀잔을 주려고 입을 떼는데, 세민이가 끼어들었다.

"난 안 할래. 그런 일에 끼고 싶지 않아!"

세민이는 돌아섰다. 미소는 얼른 세민이의 팔을 붙잡았다.

"넌 반장이잖아."

"내가 반장이라는 사실과 이 일을 하지 않는 게 무슨 관계가 있다는 거지?"

세민이의 말투가 어색했다. 평소와는 달리 낮고 차분했다. 그건 세민이가 당황하고 있다는 뜻이었다.

"반장으로서 이런 일에 책임감 같은 거 못 느끼느냐고."

"내가 왜 그래야 하는데?"

세민이가 고개를 바짝 치켜들었다.

"정말 이럴 거야?"

"응. 갈 거야. 놔줘."

하는 수 없이 미소는 세민이의 팔을 놓았다. 그러자 세민이는 바로 몸을 돌렸다. 그 순간 미소는 세민이의 등 뒤에 대고 한마디 꺾어 올렸다.

"그럼 너도 태극이랑 한패라고 생각해도 돼?"

아, 찌질하다. 이런 식으로 협박해야 하나? 하지만 미소도 어쩔 수가 없었다. 세민이가 곧장 돌아보았다.

"내가 왜 그 아이와 한패라는 거지?"

"너 숙제 셔틀, 그냥 하는 거 아니라며? 돈 받고 하는 거 다 알아. 태극이한테 얼마나 받니? 반장이 그래도 돼?"

미소는 자신이 말해 놓고도 깜짝 놀랐다. 옆에 서 있던 다림이도 놀란 듯 입을 벌렸다.

"씨팔! 그래서 뭐? 난 알바도 못 해?"

이번엔 미소가 놀랐다. 세민이가 욕하는 건 한 번도 들은 적이 없었다. 세민이는 소심한 데다 소문난 마마보이였다. 말도 어찌나 반듯한 표준어만 쓰는지, 녀석이 말하는 걸 듣고 있으면 마치 교과서를 보는 듯한 착각이 들 정도였다. 토씨 하나 빼먹지 않고, 모르긴 해도 입 밖으로 나오는 모든 말들이 문법에 맞을 것이다. 이를테면 말에 '뽀샵'을 한 느낌이랄까? 어쨌든 그런 세민이가 '씨팔'이라니. 엄청 화가 났다는 뜻이었다.

"알바? 정말 그렇게 생각해?"

"아무튼 그만둘래. 태극이랑 짝퉁샘 뒤를 캐서 어떻게 할 건데? 애초에 그게 가능할 것 같아? 네가 무슨 '명탐정 코난' 이라도 되는 줄 알아?"

"안 될 건 뭐 있어? 하면…….”

그때, 휴대폰 벨소리가 울리는 듯하다 끊겨졌다. 다림이 쪽이었다. 미소는 다림이를 쳐다보았다.

"나? 나 아니야."

이번에는 세민이를 쳐다보았다. 세민이는 고개를 저었다.

밖이었다. 그러고 보니 문이 반 뼘쯤 열려 있었다. 세민이가 들어올 때 제대로 닫지 않은 모양이었다.

"그럼, 밖에서 난 소리야? 거기 누구야?"

미소는 소리치며 달려 나갔다. 문을 활짝 열어젖혔지만 복도에는 아무도 없었다. 이상하다 싶어서 얼른 남쪽 계단이 있는 쪽으로 뛰었다. 아래층으로 누군가 후다닥 지나가는 소리, 이어 바깥으로 달려가는 아이의 교복 옷자락이 보였다. 미소는 얼른 쫓아 내려갔다. 바깥까지 나가 봤지만 아무도 없었다. 본관 쪽에서 1학년 여자아이들 셋이 걸어오고 있었다.

"혹시 여기서 나가는 애 못 봤니?"

여자아이들은 고개를 저었다.

하는 수 없이 미소는 돌아섰다. 세민이가 계단을 내려오고 있었다.

"정말 그냥 갈 거야?"

세민이는 대답도 하지 않고 걸어갔다.

"미소야, 누구야? 못 잡았어?"

뒤늦게 쫓아온 다림이가 물었다. 미소는 고개만 끄덕였다. 시선은 세민이의 뒷모습에 가 있었다. 그런데 불현듯 세민이가 멈추어 서더니 되돌아 물었다.

"그런데 미소 넌, 태극이랑 초등학교 때부터 가장 친한 친구였잖아. 그런데 이렇게까지 걔 뒤를 캐려는 이유가 뭐야?"

"그, 그건……."

"대답해 봐. 왜 태극이랑 짝퉁샘을 뒷조사해야 하는 건데?"

미소는 끝내 대답하지 못했다. 문득 생각했다.

'왜일까? 나는 왜 태극이와 짝퉁샘의 뒤를 캐려는 걸까?'

시바클럽

"그거 저리 안 치울래? 넌 아직도 초딩이냐?"

미소는 짜증이 났다. 다림이는 미소가 이야기하는 동안에도 오로지 비비탄총만 만지작거렸다. 저녁 햇살이 뿌옇게 번져 오는 분식점 출입문을 겨누기도 했고, 두 손으로 비비탄총을 꽉 잡고 메뉴판을 노려보기도 했다. 그러고는 빈 방아쇠를 당겼다. 그때마다 '딱! 따악!' 하는 소리가 들렸다. 미소는 그것도 신경이 쓰였다.

"어?"

다림이가 멍한 표정으로 되물었다.

"그 총, 그만 만지작거리라고. 나 지금 심각하게 이야기하고 있잖아. 근데 너, 그거 또 산 거야?"

"응! M357 매그넘이야. 발사 방식은 리볼버. 볼래?"

다림이는 탄창을 열어 미소에게 들이밀었다. 동그란 탄창 안에 금빛 총알 여섯 개가 박혀 있는 게 보였다.

"어쩌라고?"

"권총은 콜트 M 시리즈랑 이게 젤 맘에 들어. 그리고 소총은 K2! 국군 아저씨들이 실제로 쓰는 총을 모델로 만든 거야. 예전에는 M16 A1을 좋아했는데, 요즘은 K2가 개머리판을 접을 수 있어서 편리하고 좋더라. K2 알지?"

"……?"

"아, 그렇지만 내 꿈은 스콜피언 Vz61을 갖는 거야. 체코산 기관 단총이지. 길이는 270밀리, 30발 연사도 가능해. 게다가 20밀리 언더레일이 기본 사양으로 되어 있어. 우리 형이 갖고 있는데, 빌려 달라니까 스무 살이 되기 전엔 위험해서 안 된다는 거야. 하긴 그건 가스로 총알을 발사하는 거라 위력이 대단해. 사정거리 안에서는 비둘기도 맞혀 떨어뜨릴 수 있대. 지난번에 우리 형이 서바이벌 게임 하는 데 따라가서 쏴 봤는데, 정말 짱이야!"

다림이는 양 엄지손가락을 치켜들었다. 그걸 보면서 미소는 차분하게 말했다.

"너, 오른발뛰어앞차기차고 내디뎌 몸통막기하고 몸통두번지르기로 맞아 볼래?"

"뭐? 그게 무슨 소리야?"

"태극 8장이야."

"그걸 내가 어떻게 알아? 태권도장에는 새끼발가락 하나 들여놔 본 적이 없는데."

"그러니까, 너도 알아듣게 이야기하라고! 그 장난감 총 저리 안 치워?"

"알았어. 그런데 너희 아빠 언제 오셔? 난 너희 아빠가 끓여 주는 라면이 제일 맛있던데!"

그 말에 미소는 기운이 쭉 빠졌다.

'아, 내가 미쳤지. 어째서 이런 녀석이랑 짝퉁샘의 뒤를 캐내겠다고 생각한 건지.'

미소는 어금니를 꾹 깨물고, 다림이를 다그쳤다.

"야! 너 라면 먹으러 온 거야? 그럴 거면……."

……가 버려! 미소는 그렇게 말할 참이었다. 그런데 때맞추어 문이 열렸다. 아빠가 커다란 상자를 양손으로 안고 들어왔다. 상자 위로 파와 배추 이파리가 보였다. 역시 아빠는 양반이 못 된다. 양반은커녕 '별당 아씨를 쫓아다니는 머슴 삼돌이'라고 했던가? 미소가 "엄마 아빠는 어떻게 결혼했어?"라고 물으면 아빠는 그렇게 대답하곤 했다. 세상에! 삼돌이가 무슨 자랑도 아니고. 눈을 두 번 씻고 찾아보아도 멋대가리라고는 눈곱만큼도 없는 장 셰프. 하긴, 장 셰프라는 말도

아빠가 그렇게 불러 달래서 부를 뿐이었다. 그리고 가끔 용돈이 필요할 때 장 셰프라고 부르면 아빠는 헤벌쭉 미소를 지으며 지갑을 열곤 했다.

"아빠! 오늘은 뭐가 이렇게 많아?"

"김밥 백 줄 예약 주문이 들어왔어. 노인대학에서 소풍 간다고."

"백 줄씩이나? 그걸 다 어떻게……."

"안녕하세요, 아저씨! 잘 지내셨어요?"

이것 봐라. 개념은 없고 파고드는 기술은 빼어나다. 다림이는 미소의 말을 자르고 히죽거리며 아빠에게 고개를 숙여 보였다.

"오! 스나이퍼 왔구나! 피융!"

아빠는 총 쏘는 시늉을 해 보였다. 그것도 한 눈까지 찡긋거리면서.

"아빠! 쪼옴!"

"알았어. 그런데 너희 저녁 안 먹었지? 오늘은……."

"셰프님, 라면 스페셜 요리요!"

다림이가 벽에 걸린 메뉴판을 손으로 가리키며 외쳤다.

흔한 떡라면, 만두라면, 해물라면과 아빠가 개발(했다고 주장)한 된장갈비라면, 버터치즈볶음라면, 굴짬뽕맛매운라면, 계란말이볶음라면……. 솔직히 아빠한테는 미안한 말이지만,

말이 스페셜이지, 라면으로 온갖 장난을 치는 수준이라 해야 옳을 것이다. 그런데도 아빠는 끊임없이 새로운 라면 요리법을 개발했다. 그걸 광적으로 좋아하는 녀석이 바로 6년 단골 다림이였다.

"오! 역시 다림이가 뭘 좀 아는구나. 어? 그런데 그 총은 처음 보는데?"

"새로 득템했어요. 매그넘 시리즈예요. 보실래요?"

"당연히 봐야지. 어디 보자! 오호! 바디는 클래식한 분위기가 나고 스코프를 장착해서 모던한 느낌을 살렸군."

아빠는 총을 만지작거리면서 알아들 수 없는 소리를 했다.

"그쵸? 완전 대박 아이템이에요."

다림이는 새살스럽게 대답했다.

'참 나, 무슨 이런 경우가 다 있을까? 어쩌면 둘이 저렇게 죽이 잘 맞는지. 장난감 총 하나에 아주 부자 관계 맺을 기세네. 최다림, 네가 여기서 둘리분식 아들 해라. 하지만 명심해. 둘리분식 사장님 장만옥 씨는 생각보다 아주 고리타분하단 말이다. 둘리분식 이름 지은 거 보면 모르겠어? 도대체 언제적 둘리야? 그 초록색 미확인 생물체가 이제는 노인네가 되어서 지팡이 짚고 다닐 나이인데!'

미소가 한숨을 내쉬며 이런저런 생각을 하고 있는데, 문득 아빠가 돌아보며 말했다.

"참, 미소야. 밖에 좀 나가 봐. 네 친구인 것 같은데, 예쁘장하게 생긴 남자애가 서성거리더라. 내가 이쪽으로 들어오는 걸 보고는 저 아래쪽 골목으로 휙 뛰어가던데."

"예쁘장하게 생긴 남자애……? 아!"

문득 떠오르는 얼굴이 있었다. 미소는 얼른 달려 나갔다. 그리고 막 문을 열어젖히는데, 마침 엿보려던 세민이와 눈이 딱 마주쳤다.

"세민아! 안 들어오고 뭐 해?"

"미, 미소야!"

딱 한 마디 했는데, 세민이는 미소를 쳐다보고 눈물을 흘렸다. 큰 눈에서 굵은 눈물이 흘러내렸다. 미소는 얼결에 세민이의 손을 잡았다. 그리고 어깨를 토닥였다.

'아, 이러나저러나 뭔가 뒤바뀌어도 한참 뒤바뀌었다. 여자인 내가 남자애 어깨를 감싸 주다니!'

하지만 별수 없었다. 미소는 세민이의 어깨에 손을 얹은 채 안으로 들어왔다. 그 모습에 다림이가 눈을 동그랗게 떴다.

무슨 일인지 궁금했지만, 미소는 묻지 않고 기다렸다. 우선 눈물이라도 거두어야 할 듯해서였다. 세민이는 미소가 건네준 찬물을 한 컵 다 들이켠 뒤에야 입을 열었다.

"나, 무슨 일 있었는지 알아?"

"응?"

"태극이가 전화해서는 빵집으로 나오라는 거야. 중앙 사거리 빵집 말이야."

"왜? 무슨 일로?"

"그게……. 일단 태극이가 시키는 대로 중앙 사거리 빵집에 갔어. 15분쯤 앉아 있는데, 미령중학교 교복을 입은 여자애가…… 내 두 배쯤 뚱뚱한 여자애가 들어와서 두리번거리더라. 여드름투성이 얼굴에, 목은 굵고, 허리는 구부정한데 얼핏 보면 고릴라가 걸어오는 것 같았어. 그냥 딱 한눈에 봐도 희귀 동물 도감에도 안 나올 그런 비주얼……."

세민이는 몸을 부르르 떨었고, 다림이가 깐족대며 끼어들었다.

"그거 조미영이랑 흡사한 비주얼인데?"

세민이는 물을 한 모금 마신 뒤, 말을 이었다.

"그런데 걔가 나를 보더니 씩 웃는 거야. 그러고는 털썩 내 앞자리에 앉았어."

"무, 무슨 말이야? 걔가 왜?"

다림이가 대뜸 물었다. 미소는 옆에 앉은 녀석의 팔을 툭 쳤다. 세민이는 물을 한 모금 더 마신 뒤, 다시 말을 이었다.

"내가 '뭐예요?' 하고 물으니까, 걔가 미팅 하러 나왔다는 거야. '태극이한테 못 들었어?' 이러면서."

"태, 태극이? 그, 그럼……."

이번엔 미소가 얼결에 입을 열었다.

"맞아! 태극이가 그 여드름한테 돈을 받고 나를 미팅시킨 거야."

"헐! 대박!"

다림이가 놀란 표정을 짓더니, 혓바닥까지 내밀었다.

"그래서 가만있었어?"

미소는 재빨리 물었다.

"나는 나오려고 했지. 그랬더니 그 여드름이 '벌써 가면 안 되지. 내가 태극이한테 돈을 얼마나 줬는데!' 이러는 거야. 그러곤 억센 손으로 손목을 꽉 잡더라고."

"정말이야? 그런다고 붙잡혔어? 넌, 무슨 남자애가……."

"그럼 어떡해. 덩치가 내 두 배는 되었는데?"

"야! 아무리 그래도 그렇지!"

이번엔 다림이가 나섰다.

'내 말이 그 말이다.'

미소는 쓴 입맛을 다셨다.

"아니야! 태극이가 지키고 있었단 말이야. 막 뛰쳐나가니까, 빵집 앞에서 날 가로막더라고. 그러더니 '한 시간만 버텨!' 그러더라."

"무슨 그런 새끼가 다 있어?"

다림이가 빽 소리를 질렀다. 비비탄총을 쥐고 있는 손이 부르르 떨렸다.

　그때, 아빠가 주방 뒤쪽에서 나오며 소리쳤다.

"아 참! 미소야, 너 생리대 뭐 쓰지? 날개 달린 거 맞지? 이거 맞아?"

　헉! 아빠 손에는 초록색 포장지에 싸인 생리대 두 통이 들려 있었다.

"아, 아빠! 지금 뭐 하는 거야!"

　미소는 벌떡 일어났다. 저런 걸 남자애들이 보는 앞에서 번쩍 들어 보이다니!

　'도대체 아빠 맞아? 나도 여자란 말이에요! 어휴!'

　미소는 기가 막혔다. 가족이라고는 아빠뿐인데, 아빠가 안티라니!

"왜? 마침 세일하더라고! 그래서 사 왔어. 한방 제품이 좋다고 하더라. 생리통도 완화시킬 수 있대. 혹시 네가 쓰는 거 아니면 내일까지 바꿔야 돼서……."

"아빠, 쫌!"

　얼굴이 붉어졌다. 미소는 얼른 생리대를 뺏어서 주방 뒤편의 방문 안으로 던져 넣었다. 얼굴이 화끈거리고, 입안이 타들어 갔다. 세민이와 다림이를 돌아보았지만, 도저히 얼굴을 마주할 수 없었다. 두 녀석도 미소와 눈을 마주치지 못하고 있었다. 미소는 벽에 붙은 메뉴판을 쳐다보면서 물었다.

"그, 그래서 어떻게 됐어?"

"어? 그래서 40분쯤 그 애 앞에 앉아 있었어. 그리고 이 거…….”

세민이는 3천 원을 꺼내 탁자 위에 올려놓았다.

"이게 뭐야? 설마 태극이가 너한테 준 거야?"

"응. 수고했다고. 알바한 셈 치라고!"

"헐, 잉여 같은 새끼! 두고 봐! 언젠가는 내가 형 스콜피언을 훔쳐서라도 녀석을 쏴 버릴 테니까!"

다림이가 비비탄총으로 출입문을 겨누며 말했다. 미소는 할 말이 없었다. 당장 아무것도 할 수 없다는 게 화가 났다.

"거봐, 내 말 맞지? 태극이가 심부름센터 차렸다고 했잖아. 그치?"

다림이는 말끝에 미소를 쳐다보았다.

"맞아. 돈독이 올랐어, 그 나쁜 새끼!"

세민이가 욕을 하며 여자애처럼 예쁜 손을 꽉 쥐어 보였다. 얼김덜김에 미소는 두 손을 탁자 아래로 숨겼다. 지난해 겨울부터 정권 단련을 한답시고, 나무에 새끼줄을 감아 시간 날 때마다 내리치곤 했더니, 손은 온통 상처투성이였다.

＊

"자! 계란말이라볶김밥이다! 둘이 먹다 둘 다 죽어도 책임 안 지는 오늘의 울트라초대박슈퍼짱 스페셜 요리다!"

출입문 바깥이 완전히 어두워졌을 때쯤, 아빠가 탁자 위에 큰 접시를 내려놓으며 말했다.

'나는 왜 가끔씩 16년이나 함께 살아온 아빠 말을 못 알아들을 때가 있지?'

미소는 문득 그런 생각이 들었다. 무슨 가족이라도 되는 양 친밀하게 달라붙은 여러 음식 재료 이름도 그렇고, 익숙하지만 사전을 찾아봐도 나오지 않는 속담, 게다가 무국적 신조어와 영단어가 국제적으로 뒤엉킨 화려한 수식어까지. 접시를 내려다보니, 무슨 체육 시간도 아니고, 계란말이와 김밥, 라볶이가 '헤쳐 모여!' 한 형국이었다. 계란말이라볶김밥이란 게 결국, 라볶이를 넣어 만든 김밥을 계란말이로 두른 것인데, 그 이상은 무어라 설명하기가 부담스러웠다.

그런데 다림이는 좋아서 어쩔 줄을 몰랐다. 아예 펄쩍펄쩍 뛸 기세였다.

"우와, 대박!"

"와! 색깔이 너무 예뻐요."

다림이가 먼저 과장되게 소리를 질렀고, 세민이는 순정 만화에나 나올 법한 큰 눈을 동그랗게 뜨고 연신 깜박거렸다.

미소는 대뜸 아빠에게 물었다.

"아빠! 도대체 김밥에 무슨 짓을 한 거예요?"

"이건 그냥 김밥이 아니야. 먼저 시각을 자극해서 식욕을 돋우고, 다양한 재료의 맛을 동시에 느끼게 만든 퓨전 김밥이라고나 할까? 게다가 영양과 아이들의 입맛을 동시에 고려한……."

"그냥 뒤섞은 거잖아요. 김밥도 아니고, 계란말이도 아니고, 라볶이도 아닌 거잖아요."

"미소야! 바로 거기에 오묘한 맛이 있는 거야!"

"우와! 무디 마이써여! 아더띠, 태고!"

다림이가 뒤까불었다. 입안에 그 정체불명의 김밥을 한가득 넣고 우물거리며 포크를 쥔 채 엄지손가락을 들어 보였다. 아! 정말 뇌가 발랄한 녀석이다.

"그렇지? 역시 다림이밖에 없구나!"

그러더니 두 사람은 하이파이브까지 했다.

"아빠! 이제 그만하고 빨리 밥 해야죠. 김밥 백 줄이면 밥을 세 번은 해야 되잖아요. 할머니 할아버지 드실 거니까, 밥은 조금 질게. 단무지는 좀 얇게 썰고요."

"옛썰!"

아빠는 거수경례를 하고 주방으로 다시 들어갔다.

다림이는 족보도 없는 김밥을 빛의 속도로 입안에 쑤셔 넣기 시작했고, 얼굴이 발개진 세민이는 반씩 잘라 먹고 있었다. 세민이가 김밥을 두 개째 먹고 나서 물었다.

"그래서 어떡하면 되는데? 우리가 태극이를 이길 수 있을까?"

세민이의 표정이 진지했다.

"그런데 너 정말 괜찮아? 정말 할 거야?"

"응, 여기서도 당할 수만은 없어."

"그게 무슨 말이야?"

"아니, 저 그냥……."

뭔가 숨기는 표정이었다. 그래서 미소는 달래고 얼렀다.

"괜찮아, 말해 봐. 우리가 도움이 될 수도 있잖아."

"미, 미국에서……."

"미국 뭐? 설마 미국에서도 셔틀이었니? 거기에도 그런 거 있어?"

"당연하지. 축제 때 여장시키고, 사물함도 부숴 놓고, 수영장에서 여자 비키니를 입히려고 하고, 막 이상한 파티에 데려가고……."

"이상한 파티라니?"

미소가 반사적으로 물은 말에 세민이는 슬쩍 눈치를 보았다. 그러더니 어쩔 수 없지, 하는 표정으로 입을 열었다.

"아주 넓은 옥수수밭 외딴 창고에 끌려갔었어. 거기서 무슨 혼령을 부르는 의식을 한다나?"

"분신사바, 그런 거?"

"그 비슷한 건데……. You are an exorcist! You drive out

evil spirits!(넌 퇴마사다! 악령을 몰아내라!) 이러면서 방울을 막 흔들고, 향불을 피운 제단 앞에 나를 끌어다 놓고는, 어디서 구했는지 한복 같은 옷을 입히고. 아, 내가 보기엔 일본 기모노 같았는데, 그걸 입히더니 춤을 추라는 거야. 얼마나 무서웠는지 몰라. 내가 엉엉 울었더니, 손가락 욕을 하고는 그 벌판에 나를 놓고 가 버렸어. 옥수수밭을 헤매다 잠이 들었는지, 기절했는지, 깨어 보니까 병원이더라.”

세민이가 또 울먹거렸다. 미소는 얼결에 또 손을 잡을 뻔했다. 어휴! 이 대책 없는 모성애는 뭐야!

“경찰에 신고하지! 그런 놈들은 감옥에 처넣어야 해.”

다림이가 비비탄총을 사방으로 휘둘러 댔다.

“물론 했지. 하지만 경찰은 미국 애들 편만 들었어. 아빠가 변호사까지 고용해서 놈들의 처벌을 호소했는데, 아무도 관심 갖지 않았어.”

“뭐야? 그럼 인종 차별?”

세민이가 고개를 끄덕였다.

“그래서 돌아온 거야?”

“그런 셈이야. 다시는 가고 싶지 않아. 엄마는 언젠가는 그곳에 돌아가 공부하라고 하지만, 난 싫어!”

이번에도 세민이는 주먹을 꼭 쥐어 보였다.

＊

"우선 놈이 저지른 나쁜 짓을 정리해 보자."

자, 이제 차분하게! 미소는 스스로를 다독거리며 조금 무겁게 말을 꺼냈다. 공책도 꺼내 놓았다.

"어디 한두 가지라야지! 그 새끼 때문에, 난 내가 이미 산 총을 또 돈 주고 사야 했다니까!"

"그래, 그런 거. 자세히 말해 봐."

"내가 가끔 학교에도 총을 가져오잖아. 7반에도 비비탄총 덕후가 하나 있거든. 걔랑 정보 교환하려고 말이야. 지지난 주 목요일이었는데, 3교시 수학 시간 끝나고 화장실에 갔다 오니까 내 총이 없어졌더라. 책가방이며 사물함이며 다 뒤졌는데도 없는 거야."

"설마 태극이가 훔쳐 간 거야?"

"어. 점심시간에 밥도 못 먹고 멍하니 앉아 있는데, 태극이가 수돗가에서 주웠다며 내 총을 들고 오더라!"

"그럼 된 거잖아?"

세민이의 말에 다림이가 과장되게 고개를 저었다.

"아니지. 놈은 내 총을 훔쳐 갔다가 들고 와서는, 잃어버린 걸 찾아 줬으니 사례비를 달라고 했다니까!"

"태극이한테 그렇게 당한 애가 한둘이 아닐걸!"

세민이도 나섰다. 비웃듯 한쪽 입꼬리만 슬쩍 올리고 피식 웃었다.

"무슨 말이야?"

미소가 고개를 갸웃거리면서 물었다.

"지난주에 6반 민호가 비싼 샤프를 잃어버렸는데 태극이가 찾아 주고 사례비를 받았고, 4반 서진이는 삼촌이 이탈리아에서 선물로 보냈다는 스카프를 잃어버렸는데, 그것도 태극이가 찾아 줬어."

"그게 모두 태극이가 그런 거라고?"

"응. 아마 그럴걸."

세민이가 고개를 끄덕였다.

문득 다림이가 물었다.

"그런데 미소야, 너 정말 모르고 있었어?"

"그, 그것까지는⋯⋯."

미소는 말을 더듬었다.

"네가 잘 타일렀으면 네 말은 들었을지도 모르지. 너랑 태극이랑 가장 친했잖아."

하지만 미소는 고개를 저었다.

태극이에게 별의별 말을 다 했었다. 놈이 일진 노릇을 시작할 무렵부터. 처음엔 "너, 이러는 거 비겁하고 나쁜 짓이야! 당장 그만둬!" 하고 말했다. 그러자 태극이는 "어떤 게 비겁하고 나쁜 짓인지 정말 보여 줄까?"라면서 피식 웃었다. 나중에는 "네가 괴롭힘을 당했을 때를 생각해 봐. 네가 이러면 안 되는 거잖아."라고 타이르기도 했다. 그러자 "네가 신경 쓸 일이 아닌 것 같은데." 하면서 아예 무시했다. 그래서 좀 치사하지만, 협박해 보기도 했다. "너 계속 이런 식이면 담임 선생님한테 모두 다 말하는 수밖에 없어." 그러자 태극이는 "그러시든가!" 했다.

그 뒤로 더는 말을 꺼내기가 두려웠다. 도대체 태극이가 왜 이렇게 변했을까? 무엇 때문에? 미소는 끊임없이 묻고 또 물었다. 하지만 끝내 그 대답은 찾아내지 못했다.

"그런데 그 새끼는 왜 그렇게 돈을 밝히는 거야?"

한참 동안 아무 말 없는 시간이 어색하게 느껴진 걸까. 다림이가 입을 열었다.

"글쎄, 그건 나도 잘 모르겠어."

미소는 고개를 저었다.

"네 말대로라면, 짝퉁샘은 왜 이런 놈을 비호하는 거지?"

세민이가 미소를 쳐다보면서 물었다.

"비호?"

다림이가 고개를 갸웃거렸다.

"보호해 준다는 뜻이야."

"아, 비호. 난 무슨 비보호 이런 건 줄 알았지. 내 말이 그 말이야. 짝퉁샘도 분명 문제가 있어."

"그렇다고 태극이가 벌을 받지 않거나, 하는 건 아니잖아?

봉사 활동도 하고, 정학도 한 번 당했고…….”

세민이가 또박또박 말했다.

“다른 아이들 같으면 전학 갔을걸.”

“장미소, 그게 네가 원하는 거야?”

“어? 아, 아니, 꼭 그런 건 아니지만 뭐, 뭔가 이상하잖아!”

미소가 당황하며 말을 더듬는데 다림이가 나섰다.

“그럼 해결해야 될 문제는 세 가지네.”

미소는 고개를 들어 다림이를 쳐다보았다.

“하나는 태극이가 돈을 어디에 쓰는지! 또 하나는 짝퉁샘이 왜 태극이를 싸고도는지. 그리고 마지막으로 짝퉁샘이나 다른 선생님들은 태극이가 하는 짓거리들을 알고나 있는지. 근데 태극이가 알바도 한다며? 그럼 돈 좀 벌 텐데?”

실은 미소가 궁금한 것도 바로 그 점이었다.

“그래서 우리 씨발클럽이 이 사건을 해결하려는 거고. 그치, 미소야?”

미소는 고개를 홱 돌려 다림이를 째려보았다.

“야! 씨발이 아니라, 시바라고 했잖아. 시바의 여왕!”

“아니, 내 말은…….”

“됐고! 또 없어?”

미소는 다림이의 말을 가로막고 물었다. 다림이는 눈을 껌뻑거렸다.

바로 그때 분식점 문이 열렸다. 미소는 반사적으로 문 쪽을 쳐다보았다. 뜻밖에도 본오였다.

"아저씨, 소고기김밥 세 줄만 포장해 주세요."

본오는 미소가 있는 쪽을 힐끔 보더니 문 쪽 구석 자리에 앉았다.

"미소야! 김밥 포장 세팅!"

아빠가 주방에서 나오며 소리쳤다. 미소는 주방 앞으로 갔다. 포장된 단무지와 나무젓가락 세 개를 검은 비닐봉지에 넣었다. 그리고 아빠가 김밥을 다 쌀 때까지 기다렸다. 본오는 아무 말도 하지 않고 휴대폰만 만지작거렸다. 세민이는 창백해진 얼굴로 꼼짝하지 않았고, 다림이는 비비탄총을 들여다보면서 딴청을 했다.

"소고기김밥 세 줄 나왔어요!"

아빠가 주방에서 나오면서 김밥을 건네주었다. 미소는 준비해 둔 비닐봉지에 김밥을 넣고 본오에게 주었다. 본오는 만원짜리를 내밀었다. 미소는 2천5백 원을 거슬러 주었다. 손끝이 떨렸다. 무언가 비밀스러운 것을 들킨 기분이랄까?

본오는 바로 문을 열고 나갔다. 그때, 다림이가 낮은 소리로 내뱉었다.

"아오! 저 식혜 위에 잣 같은 새끼! 태극이 똘마니 새끼! 저도 왕따였으면서, 당해 본 새끼가 어쩜 더하냐!"

*

세민이와 다림이는 밤 10시가 다 되어 돌아갔다.

미소는 씻고 침대에 누웠지만 잠이 오지 않았다. 11시가 되도록 하품 한 번 나지 않았다. 내일 새벽에 일어나 김밥 백 줄을 싸야 할 일이 까마득한데도, 도무지 잠들 수가 없었다. 미소는 벌떡 일어나 "나쁜 놈!" 하고 외쳤다가 다시 누웠다가, 또 일어나 "조태극! 너, 가만두지 않을 거야!" 했다가, 그것도 성에 차지 않아 "두고 봐! 네가 언제까지 그런 식으로 학교를 다닐 수 있을지! 흥! 두고 보라고." 했다.

태극이네가 연못시장 거리로 이사 온 건 초등학교 3학년 때였다. 시장 골목 끄트머리, 반년째 비어 있던 헌책방 자리에 만리포 채소 가게가 문을 열었고, 그 집이 바로 태극이네였다. 아빠는 엄청 좋아했다. "이제 채소 사러 멀리까지 갈 필요 없겠어. 만리포 채소 가게 채소가 생각보다 싱싱하고 아주 싸더라. 주인이 만리포 쪽이 고향이라는데 어떤 채소는 직접 재배하는 친구들한테서 받아서 판대."

그래서 미소는 심부름도 여러 번 갔다. 그때 태극이 엄마를 만났다.

"이거 2천 언이예요. 이거언 삼추 넌! 살래요?"

외국인이었다. 지나다니면서 수건을 두르고 있는 모습만 보았을 때는 몰랐는데, 가까이서 보니까 피부가 까무잡잡하고 얼굴이 작았다. 갸름한 얼굴선은 부드러웠고, 큰 눈은 움푹 들어가 있었다. 눈썹은 태극이만큼 짙었다. 나중 일이지만 미소는 태극이가 우락부락한 아빠보다 엄마를 더 닮았다고 생각했다. 태극이 엄마는 서툰 한국말을 하면서 연신 웃었다. 미소가 입고 있는 태권도복을 가리키며 "태권도예요? 얍! 얍!" 하고 어설프게 몸통지르기를 했다. 어른인데도 미소는 그 모습이 귀여웠다. 그러고는 또 "우리 태극이도 태권도 많이 할 거예요. 오림픽 나갈 거예요." 했다.

그로부터 2주일이 지난 뒤에 태극이는 정말로 태권도장에 나타났다. 그때부터 미소는 태극이가 태권도를 그만둘 때까지 내내 같은 도장에 다녔다.

조금 다른 외모 때문에 태극이는 반 아이들과 쉽게 가까워지지 못했다. 공부를 잘하는 편도 아니고, 내성적이라 그런지 말수도 적어서 친구가 별로 없었다. 외톨이에 가까웠다. 그러다 4학년 때 미소와 같은 반이 되었고, 태권도장까지 같이 다니게 되면서 붙어 다니다시피 했다. 그때 다림이도 같은 반이었다. 하긴 다림이는 유치원에 다닐 때부터 한동네에 살아서 새삼스러울 것도 없었지만.

그런 태극이가 유독 태권도를 할 때만큼은 누구보다 적극적이고 열심이었다. 미소는 자신보다 늦게 시작했는데도 오히려 먼저 1품을 딴 태극이를 보고 꽤나 놀랐다. 그뿐만 아니라, 태극이는 대회에 나가서도 미소보다 먼저 상을 탔다. 태권도를 시작한 지 겨우 2년 만에 3품을 모두 따내고 전국소년체전 8강에도 나갔다.

"난 나중에 올림픽 금메달리스트가 될 거야. 그래서 우리나라 이름을 빛내는 게 꿈이야! 내 이름도 태극이잖아!"

태극이가 '우리나라'라고 말할 때, 미소는 이따금씩 '어느 나라를 말하는 거야?'라고 물을 뻔했다. 미소는 그런 자신을 재빨리 속으로 나무랐다. 어쨌든 태극이의 꿈은, 엄마가 집을 나갈 때까지 한 번도 바뀌지 않았다.

연못시장에 재개발 바람이 불고, 만리포 채소 가게에 저녁마다 남아도는 채소가 쌓여 갈 때에도 태극이의 꿈은 흔들리지 않았다.

"내가 꼭 금메달 따서 엄마 아빠 행복하게 해 드릴 거야! 두고 봐! 반드시 그렇게 할 거니까!"

대형 마트가 들어온다는 소문이 사실로 확인되었을 무렵에도, 태극이는 밤늦게까지 연습해서 또다시 전국소년체전 8강에 들었다. 엄마 아빠가 골목 상가에 대형 마트 입점을 반대하는 시위에 참여하느라 밥을 못 먹을 때가 많았는데도, 그것조차 태극이에게는 문제가 되지 않았다.

결국, 대형 마트가 들어섰다. 시장 골목을 지나다니는 사람들이 눈에 띄게 줄었다. 둘리분식에도 손님이 뜸해졌다. 만리포 채소 가게보다는 나았지만, 아빠 말로는 매상이 30퍼센트는 줄어든 것 같다고 했다. 그즈음 태극이 아빠는 거의 매일 밤마다 남은 채소를 들고 아빠를 찾아왔다.

"장 형, 어차피 남으면 버려야 해요. 김밥 만들 때 쓰세요."

그러면 아빠는 재빨리 안줏거리를 만들고 소주를 내놓았다. 그러고는 태극이 아빠의 푸념을 밤새도록 들어 주었다.

"장 형, 저도 우리 태극이 어릴 때는 만리포에서 물고기 양식장 하면서 큰 걱정 없이 살았어요. 부유하지는 않았지만, 세 식구 먹고사는 데 큰 지장은 없었지요. 그런데 날벼락이 떨어졌지 뭐예요. 만리포 먼 앞바다에 유조선인지 뭔지가 뒤집어져서 기름이 바다에 다 쏟아지고, 양식장까지 덮쳐 버렸지요. 물고기는 다 죽고, 그런데도 보상은 1년이 지나도록 안 나오고, 그나마 1년 반 만에 보상금이 나왔는데 고작 몇 백만 원이라니요? 세상에! 양식장 물고기값만 다 해도 수천만 원이 넘을 텐데! 그 와중에 은행에서는 빌린 돈 갚으라고 성화를 부리지 않나. 안 되겠다 싶어서 아버님이 남겨 주신 조그만 배 한 척도 팔고 집도 팔아서 빚 일부를 갚았지요. 그리고 서울로 올라와 다시 한 번 열심히 시작해 보겠다고 몸부림쳤는데, 이번엔 대형 마트가 들어섰네요. 아무래도 곧 문 닫아야 할까 봐요. 하하하!"

태극이 아빠의 허탈한 웃음을 미소와 태극이는 문밖 파라

솔 의자에 앉아서 고스란히 듣고 있었다.

그럼에도 태극이는 "엄마 아빠가 힘들어하시니까, 더더욱 금메달 따야 해. 그치?" 하고 말했다. 그러면 미소는 고개를 끄덕였다. 태극이의 얼굴은 밝았다. 어찌나 나볏하던지 썩 믿음직스러웠다.

얼마 뒤, 태극이네 만리포 채소 가게는 결국 문을 닫았고, 태극이 아빠는 막일을 나갔다. 그래도 사정은 나아지지 않았다. 특별한 기술이 없던 태극이 아빠가 할 수 있는 일은 거의 없었고, 그나마도 공사장에서 다리를 다치는 바람에 사정은 더욱 나빠졌다. 게다가 나중에 듣고 보니, 고향에서 진 빚 독촉까지 받는다고 했다. 결국 태극이 엄마는 대형 마트 청소 일을 하러 다녔다.

그때부터였다. 태극이의 얼굴이 어두워지기 시작했다. 이따금 태극이네 집에 가 보면 부모님이 싸우는 소리가 들렸다. 무료 급식 대상자가 된 것도, 태권도장 회비가 밀리기 시작한 것도 그즈음이었다. 태권도장 회비는 사범님이 면제해 주겠다고 했지만, 태극이는 태권도장에 이따금씩 빠지기 시작했다. 그렇지 않아도 말수가 적던 태극이는 점점 더 말이 없어졌고, 학교에서도 구석 자리를 차지하고 앉은 채 아이들과 어울리지 않았다. 마침내 따돌림을 당한다는 소문이 들렸다. 심심치 않게 태극이를 '외계인'이라 부르거나 '반쪽이'라고 부르는 아이들도 있었다.

급기야는 태극이 엄마가 집을 나갔다. 중학생이 된 태극이는 태권도장에 가는 대신, 주말에는 주유소에서 아르바이트를 했다. 중학생이라 안 된다는 걸 조르고 졸라서 하게 되었다고, 다림이에게 전해 들었다.

그로부터 몇 달 뒤, 따돌림받던 태극이는 일진이 되었다.

"아빠, 요즘 돈 좀 버나 봐요? 나 몰래 알바라도 해요?"

미소는 아빠를 향해 톡 쏘았다.

아빠는 막 라볶이와 김밥을 먹고 일어난 은행원 언니 둘을 문까지 배웅하고 돌아서다 우뚝 멈추었다.

"어?"

"그리고 저 언니들이 그렇게 좋아?"

"단골손님이잖아. 친절해야지. 안 그래?"

아빠는 주방 쪽으로 가면서 미소의 어깨를 툭 치고 씩 웃기까지 했다. 하지만 미소는 기어코 아빠를 물고 늘어졌다.

"아무리 단골이라도 그렇지. 서비스로 우유냉라면을 주나? 그게 우유가 얼마나 많이 들어가는데? 게다가 그냥 대충해서 주는 것도 아니고, 라면 위에 방울토마토랑 계란까지 모양을 내서 얹었던데? 요즘 음식 재룟값 무섭게 오르는 거 알잖아."

"아니, 기왕이면 보기 좋게. 요리는 일단 눈으로……."

"그런 서비스를 왜 저 언니들한테만 하느냐고! 그 늘씬하고 가슴 큰 언니한테 사심 있지?"

"사, 사심이라니? 아니야, 절대로! 무슨 소리를 하는 거야?"

"아니긴! 그 언니 오니까, 입이 귀에 걸려서 하회탈이 따로 없던데!"

"아니라니까! 나도 그 은행 고객이고, 저 언니들은 우리 집 단골이고!"

아빠는 손을 홰홰 저었다.

"그런데 왜 문 앞까지 가서 배웅을 해? 그것도 헤헤거리면서! 꿈 깨요. 저쪽은 잘나가는 20대 은행원이고, 아빠는 화석에나 나올 법한 초록 공룡 분식집 주인이라고요!"

"헐!"

"참 나! 헐, 하는 건 또 어디서 배웠대? 다림이랑 놀더니 중딩 다 되셨네요!"

"내가 뭘!"

"어젯밤에는 또 훌쩍거리더니……."

"봐, 봤어?"

아빠가 눈을 동그랗게 뜨고 물었다.

"봤지, 그럼. 아빠는 엄마 생각나면 꼭 혼자 식당에 나와 청승이잖아."

"청승 아니야! 아무튼 알았어, 이 잔소리 2호야!"

"그리고 내가 말했지? 우리 감자 여사가 어디서든 보고 있다고!"

"알았다고! 어쩜 감자 여사보다 더 잔소리가 심하냐! 쳇!"

아빠는 주방으로 들어갔다. 뭘 하는지 갑자기 도마에 칼질하는 소리가 크게 들렸다.

'내가 심통을 낸 건가?'

문득 그런 생각이 들었다. 아빠한테 조금 미안해졌다.

미소는 엄마가 보고 싶어졌다. 강원도 홍천이 고향인 엄마는 유독 감자를 좋아했다. 그래서 외할아버지가 때마다 감자를 몇 상자씩 보내왔다. 그런 엄마를 아빠는 감자 여사라고 불렀다. 엄마가 암에 걸렸을 때도 "엄마가 울퉁불퉁 감자처럼 못생겼어도 아주 오래 살 거야." 했다. 하지만 예쁜 엄마는 딱 1년 만에 고향의 감자밭 옆에 묻혔다.

그 뒤로 아빠는 한동안 미소가 보지 않는 곳에서 울곤 했다. 그런데 너무 자주 우는 바람에 미소에게 자주 들키고 말았다. 어떤 날은 불 꺼진 식당에서 혼자 감자를 꾸역꾸역 먹으며 울고 있는 아빠를 보았는데, 미소는 그 모습이 너무나 웃겨서 그만 폭소를 터뜨렸다. 그러자 아빠는 눈물을 질질 흘리면서 웃었고, 둘은 웃다 지쳐 또 같이 울었다. 그런 뒤에는 배가 고파서 냉면 그릇 한가득 담겨 있던 감자를 다 먹어 치웠다.

휴! 아무리 열여섯 살 인생이라지만 무슨 멋진 드라마는 없고, 순 시트콤인지. 미소는 숨을 길게 내쉬었다.

하지만 알고 있었다. 방금 전 심통을 부린 건, 아빠가 아닌 자기 자신에게 짜증이 나 있기 때문이라는 걸. 바로 태극이 때문에! 아니, 짝퉁샘 때문에?

맞다. 결론은 짝퉁샘이었다.

✴

처음 둘리분식에 모인 날로부터 나흘 동안, 미소는 세민이와 함께 학교에 보낼 투서를 만들었다. 아이들이 태극이에게 피해당한 사례를 낱낱이, 아주 구체적으로 열거하고, 기억나는 한 날짜와 시간까지 적었다. 그렇게 모아 놓고 보니, 직접 목격했거나 확인할 수 있는 사실만도 일곱 가지가 넘었다. A4용지로 세 장이나 되었다.

"이 정도면 됐어. 이렇게까지 자세히 썼는데도 선생님들이 태극이를 처벌하지 않으면 그건 정말 문제가 있는 거야."

미소는 깔끔하게 인쇄한 투서를 꼼꼼하게 읽고 난 다음 말했다. 세민이도 고개를 끄덕였다. 미소는 곧바로 열세 장을 인쇄해 각각 봉투에 넣었다. 물론 발신인은 적지 않았다. 다림이는 영화에서 보았다며, 장갑을 끼고 봉투를 붙였다.

"이러면 지문이 남지 않지. 후후!"

다음 날 아침 일찍, 미소는 다림이와 세민이와 봉투를 나눠 들고 담임 선생님과 학생주임, 교무주임, 학년주임, 그리고 교감 선생님과 교장 선생님 사물함에 투서를 넣었다. 3학년 선생님들 사물함까지. 그러고는 교무실 청소 당번을 핑계삼아 선생님들을 힐끗거렸다. 몇몇 선생님들이 쑤군댔고, 회의를 여는 듯한 모습도 보였다. 그중에는 짝퉁샘도 있었다.

그러나 나흘 동안 아무런 일도 일어나지 않았다.

"뻔한 거 아니야? 사실을 확인하려면 그 애들 전부 불러야 하고, 그러면 부모님들한테도 알려질 거고. 그럼 시끄러워질 텐데, 선생님들이 쉽게 그러겠어?"

다림이가 말했다.

미소 역시 예상을 못 한 건 아니었다. 진실이 알려져서 시끄러워지는 것보다, 그냥 조용히 지나가는 것을 선생님들은 더 원할 테니까. 그래도 혹시나 했는데, 미소는 기분이 언짢았다.

"이제 어떻게 해?"

세민이가 울상을 지었다. 그때, 다림이가 또 나섰다.

"방법은 하나야!"

무언가 제대로 다짐한 말투였다.

"뭔데?"

"태극이한테 당한 아이들 말이야. 걔들 엄마한테 투서를 보내는 거지."

미소의 물음에 다림이는 기다렸다는 듯이 대답했다. 좀 뜻밖이어서 미소는 "투서를?" 하고 되물었다. 그러자 다림이가 고개를 끄덕였다. 미소는 세민을 쳐다보았다. 세민이도 고개를 끄덕였다. 하지만 미소는 고개를 저었다. 그리고 목소리를 높였다.

"안 돼! 그건 좀 위험해! 일이 커질 거야!"

솔직히 그때 미소의 머릿속에는 학부모님들이 학교에 들이닥치고, 경찰이 와서 태극이를 조사하는 그림들이 그려졌다. 그래서 뜻밖에도 다림이가 "그래도 시작한 거 끝을 봐야 하는 거 아니야?"라면서 나대는 걸 보고도 선뜻 그러자고 하지 못했다.

그런데 일은 엉뚱한 곳에서 터졌다.

며칠 뒤, 수업을 모두 마치고 교문을 나서는데, 휴대폰 벨소리가 울렸다. 다림이었다.

"미소야! 빨리 교무실로 와! 빨리!"

숨이 넘어갈 듯한 목소리였다.

"왜? 뭔데?"

미소는 심드렁하게 대꾸했다. 워낙 과장하기를 좋아하는

녀석이라 틀림없이 대수롭지 않은 일일 거라 생각했다. 그때, 이번에는 전화기 너머에서 세민이 목소리가 들려왔다.

"미소야! 4반에 고은미라고 알지? 걔네 엄마가 찾아왔어. 지금 태극이 때문에 난리도 아니야!"

미소는 태극이 이름이 나오는 순간, 뒤돌아 뛰기 시작했다.

"아니, 그 팔찌가 얼마짜리인 줄이나 아세요? 당장 안 가져오면 경찰에 신고할 테니 그런 줄 아세요."

교무실 뒷문 앞에 막 다다랐는데, 찢어질 듯한 목소리가 바깥으로 새어 나왔다. 세민이와 다림이도 바로 거기에 있었다.

"어떻게 된 일이야?"

미소는 교무실 안쪽으로 귀를 쫑긋 세운 채 물었다.

"뭐, 사건은 간단해. 태극이가 은미 팔찌를 슬쩍한 다음, 찾아 준 척하고 사례비를 달라고 한 거야."

"그래서?"

"뭐가 그래서야. 은미가 계속 돈을 달라고 하니까 걔네 엄마가 수상하게 여기고 은미를 막 다그쳐서 알아낸 거지."

'어휴! 고은미 걔는 아무리 패션모델이 꿈이라지만 그런 걸 왜 학교에까지 가져와.'

미소는 은미도 곱게 보이지 않았다.

"그러니까 대질시켜 보자고요! 오라고 하세요. 태극인지 태극기인지. 이름도 거지 같아 가지고."

62

찢어질 듯한 목소리가 들려왔다. 미소는 교무실 안쪽으로 귀를 더 가까이 댔다. 그때, 뒤쪽에서 소리가 들렸다.

"너희 거기서 뭐 해?"

돌아보니, 짝퉁샘이었다. 미소가 놀란 건 그 옆에 태극이가 무덤덤한 표정으로 따라오고 있어서였다.

"처, 청소 당번인데요!"

다림이가 말했다. 언제부터 그러고 있었는지 다림이는 대걸레로 바닥을 문질러 대고 있었다. 미소는 얼른 돌아서서 마침 복도 한쪽에 세워 둔 대걸레를 붙잡았다.

"청소는 그쯤 해 두고, 얼른 집에 가."

짝퉁샘은 더 이상 다그치지 않고 교무실로 들어갔다. 문이 닫히기 직전 미소는 태극이와 눈이 마주쳤다.

잠시 뒤, 여러 사람의 목소리가 뒤섞여 들려왔다.

"도대체 아이들 교육을 어떻게 하는 거예요? 애들 협박이나 해서……."

"협박 안 했어요. 그 시계 찾아 주면 은미가 사례비를 준다고 했단 말이에요."

"우리 애는 그렇게 말 안 하던데?"

몇 번 더 고성이 오가고, 또 조용해졌다. 꽤 시간이 지나서 웅성거리는 소리가 들리고 교무실 앞문이 열렸다. 그쪽으로 은미 엄마가 나갔고, 배웅을 하려는지 교감 선생님이 뒤따라갔다. 그리고 짝퉁샘이 뒷문으로 나왔다. 그 뒤를 태극이가 따라 나왔다. 두 사람은 남쪽 복도 끝으로 갔다. 반사적으로 미소는 짝퉁샘과 태극이를 몰래 따라갔다.

그리고 뜻밖의 장면을 보았다. 아이들이 다 돌아가고 난, 아무도 없는 계단 위에서 짝퉁샘이 문득 걸음을 멈추더니 무어라고 말했다. 소리가 작고 빈 계단을 울리는 바람에 무슨 말을 하는지는 들리지 않았다. 짝퉁샘은 지갑을 꺼내 태극이에게 지폐 몇 장을 내밀었다. 태극이는 고개를 숙인 채 한동안 받지 않았다. 그러자 짝퉁샘이 무어라고 하면서 끝끝내 태극이 손에 돈을 쥐여 주었다. 그러고는 어깨를 툭툭 치더니 계단을 먼저 올라갔다. 태극이는 한참 서 있다 돈을 주머니에 넣고 계단을 내려갔다.

세상에!

미소는 하마터면 입 밖으로 소리를 낼 뻔했다. 자신이 본 게 돈이 맞는지, 그걸 정말 짝퉁샘이 태극이에게 준 게 맞는지, 직접 보고도 믿을 수가 없었다.

＊

어느새 손끝에 노란 물이 들었다. 또 며칠 가겠다, 싶은 생각이 들어 미소는 짜증이 났다. 어떤 여자애들은 색색의 매니큐어도 바르고 스티커로 꾸미기도 하는데, 봉숭아도 아니고 단무지로 손톱을 물들이다니! 봉숭아 물 들인 손톱이 첫

눈 올 때까지 남아 있으면 첫사랑이 이루어진다는데, 단무지로 물들이면 공짜 짜장면이라도 생기려나? 쳇! 그냥 물 안 들인 흰 단무지를 쓰자니까, 아빠는 왜 꼭 노란 단무지를 고집하는지. 그까짓 가격이 얼마나 차이 난다고. 노란 단무지가 식감도 그렇고, 모양을 내기도 좋다고? 참 나, 가만 들어 보면, 규모 좀 있는 식당의 셰프가 하는 말 같다. 그래서 미소는 "그럼 잘라져 있는 단무지를 사면 되잖아요." 했다. 하지만 잘라서 파는 것은 비싸고 양도 적다며 아빠는 한사코 마다했다. 그러면서 번번이 자르지 않은 노란 통단무지를 샀다. 뭐, 그래도 좋다. 하지만 '왜 내가 썰어야 하느냐고요!' 미소는 그게 불만이었다. 손가락이 노랗게 물드는 것도 문제지만, 며칠 동안 빠지지 않는 냄새는 어쩔 거냐고요? 그래서 비닐장갑을 끼려 했더니, 아빠는 "칼을 쓸 때는 장갑 끼고 하면 안 돼. 세심하고 디테일한 손놀림이 필요한데, 장갑을 끼면 무뎌지잖아." 했다. 그래서 하는 수 없이 미소는 "단무지는 아빠가 썰면 안 돼요? 애들이 자꾸 놀린단 말이에요." 하면서 엄살을 부렸다. 그러자 아빠는 "모든 요리의 기본은 칼질이야. 네가 요리를 배우려면 그것부터 해야 해. 세계적인 셰프도 모두 칼질부터 시작했어. 설거지와 채소 썰기부터! 그래서 그 손끝으로 세계를……."

'참 나, 여차하면 단무지로 나라를 세우고 세계를 제패할

기세다. 그리고 내가 언제 요리 배운다고 했어요? 감자 여사의 빈자리를 메워 주는 것뿐이지.'

미소는 입을 삐죽 내밀고 단무지를 잘라 나갔다.

탁! 탁! 탁! 타르르르륵! 경쾌하게 리듬을 타는데, 탁자가 부르르 떨렸다. 휴대폰 진동음 때문이었다. 다림이 이름이 반짝거렸다. 미소는 휴지로 손을 닦고 전화를 받았다.

"미소야, 지금 빨리 그린21 아울렛 7층으로 와!"

전화기를 귀에 바싹 대기도 전에 다림이가 외쳤다. 다급한 목소리였다.

"뭐?"

"태극이랑 짝퉁샘이랑 지금 여기에 있어. 아울렛 7층 식당가야. 베트남 쌀국수집. 둘이 같이 밥 먹고 있다고!"

"뭐라는 거야? 거기에 왜 짝퉁샘이랑 태극이가 함께 있다는 거야?"

"짝퉁샘이 태극이 옷도 사 주고 그러는 거 같아."

"뭐? 어디라고? 기다려! 금방 갈게."

미소는 벌떡 일어났다. 재빨리 옷을 걸쳐 입고 밖으로 내달렸다. 뒤에서 아빠가 무어라 소리치며 불렀지만, "잠깐이면 돼요." 하고는 뛰었다.

버스를 타고 내리고, 또 달리고, 사람들 틈새를 막 헤집고, 엘리베이터에서 발을 동동 구르고. 마침내 아울렛 7층 식당

가에 다다랐을 때, 다림이가 서성대는 모습이 보였다.

"저쪽이야!"

다림이가 베트남 쌀국수집을 가리켰다. 둘은 가까이 다가 갔다. 유리창 안으로 사람들이 훤히 보였다. 그들 틈에 태극 이와 짝퉁샘이 있었다. 밥은 다 먹은 듯했고, 짝퉁샘이 간곡 한 표정으로 무언가 이야기하고 있었다. 태극이는 가끔씩 고 개를 끄덕이거나 다른 데를 쳐다보았다. 한번은 유리창 쪽으 로 고개를 돌리는 바람에 미소와 다림이는 깜짝 놀라 허리를 숙여야 했다.

"그런데 아까 그게 무슨 소리야? 짝퉁샘이 태극이 옷을 사 줬다고?"

미소는 문득 생각이 나서 물었다.

"아까 엄마랑 같이 쇼핑하다 난 청바지 하나 샀거든. 그런 데 그 옆 티셔츠 매장에 짝퉁샘이 있는 거야. 조금 있으니까 피팅룸에서 태극이가 나오더라. 그러고 나서 곧바로 짝퉁샘 이 계산을……. 나, 나온다! 어떻게 할 거야?"

다림이가 말하다 말고 식당 안쪽을 가리켰다. 그러면서 미 소의 팔을 잡아 흔들었다. 어떻게 해야 할까? 미소는 잠깐 고 민했다. 일단 미소는 다림이와 함께 사람들이 많이 몰려 있 는 커피숍 앞쪽으로 갔다.

잠시 뒤, 짝퉁샘과 태극이가 식당에서 나왔다. 그리고 에스컬레이터 쪽으로 걸어갔다. 짝퉁샘은 태극이의 어깨에 손을 올리고 연신 무언가를 말하고 있었다.

"따라가 볼까?"

미소는 허리를 낮추고 에스컬레이터에 올라탔다. 그리고 다림이에게 말했다.

"들키지 않게 조심해!"

그런데 얼핏 돌아보니, 다림이는 한 손을 바지 주머니에 넣은 채였다.

"그 손은 왜 그러고 있어?"

미소는 턱짓으로 다림이의 손을 가리켰다.

"쉿! 권총이야. 언제 무슨 일이 생길지 몰라서 항상 가지고 다니는 거야."

미소는 어이가 없었다.

'진짜 네놈 말대로 헐! 이다. 내가 미쳤지. 이런 명랑 만화 주인공 같은 녀석과 한팀을 짜서 뭘 하겠다고!'

미소는 한 대 쥐어박고 싶은 걸 억지로 참으며 짝퉁샘과 태극이의 뒷모습을 살폈다.

짝퉁샘과 태극이는 신발 매장에서 신발을 산 다음, 아울렛 1층 정문 앞까지 내려왔다. 짝퉁샘은 연신 태극이의 어깨를 두드려 준 다음에야 뒤돌아서 갔다.

미소는 태극이를 뒤쫓았다. 놈은 어깨를 축 늘어뜨린 채 터벅터벅 걸었다. 아울렛 로고가 새겨진 쇼핑백을 들고 있었다. 놈은 걷다가 멈추어 서서 어디론가 전화를 걸기도 하고, 편의점에 들어가 캔 콜라를 사서는 마시면서 또 걸었다. 그리고 곧 지하철역으로 들어갔다.

"쟤 어디 가나 봐? 계속 따라갈 거야?"

다림이가 미소의 팔을 흔들었다. 미소는 이번에도 뭔가에 이끌리듯 태극이를 따라갔다. 두 칸씩 계단을 내려딛는 태극이를 뒤쫓느라 미소는 잰걸음을 놓아야 했다.

개표구를 통과하고, 또 계단을 내려간 태극이는 플랫폼 앞쪽으로 걸어가 노란 선을 밟고 서성거렸다. 미소는 멀찌감치 서서 그 모습을 지켜보았다. 어딜 가는 걸까? 그렇게 혼자 두어 번 물었을 때, 플랫폼으로 전동차가 들어왔다. 그리고 곧 문이 열렸다.

"어서 타!"

태극이가 전동차에 오르는 걸 확인하고, 미소는 다림이의 팔을 툭 쳤다. 그리고 얼른 전동차 안으로 뛰어들었다. 다림이는 아직도 바지 주머니에 한 손을 넣은 채 따라왔다.

미소는 경로석 가까이에 섰다. 유리창 너머로 옆 칸에 서 있는 태극이의 모습이 보였다. 호리호리한 몸. 굽은 어깨. 허약해 보이지는 않지만, 그렇다고 기운 넘쳐 보이지도 않았다. 오늘따라 더 맥없이 보이는지도 몰랐다. 이해가 되지 않았다.

저런 몸으로, 그때는 어떻게 칼날 같은 주먹을 휘두를 수 있었던 걸까. 돌려차기든 이단옆차기든 어쩌면 그리도 정확하게 상대의 급소를 가격할 수 있었을까.

✳

태극이 엄마는 돌아오지 않았고, 아이들이 태극이를 놀리는 일이 잦아졌다. 그럴수록 태극이는 점점 더 외톨이가 되었다.

그즈음의 어느 날이었다. 점심시간이 끝날 무렵, 교실 문이 거칠게 열리는 소리가 들렸다.

"어이! 반쪽이! 교실이 이게 뭐야? 청소 좀 하지?"

무슨 소리인가 싶어서 고개를 들었다. 하필이면 악어이빨, 미친개, 생양아치, 진격의 악마 등등 온갖 나쁜 별명을 독차지하고 있는 최우혁이었다. 후배들은 물론, 같은 반 아이들의 돈을 뺏고, 심심하다고 아무나 불러 세워 때리거나 괴롭히고, 심지어 여러 아이를 선동해서 한 아이를 왕따시킨다는 소문이 자자했다. 싸움도 꽤 잘해서 일진으로 통했다. 그 옆을 명수와 찬주가 똘마니처럼 지켰다.

놈들이 태극이 주위에 서성댔다.

"야, 빨리 청소하라고, 새꺄!"

찬주가 대걸레 자루로 태극이를 밀며 말했다. 그러자 미소는 참을 수 없어서 벌떡 일어나 다가갔다.

"그만둬! 너희 뭐 하는 짓이야?"

"오! 둘리! 넌 나서지 말지?"

명수가 미소 앞을 가로막으며 말했다.

그러는 사이 이번에는 우혁이가 태극이 앞으로 다가갔다.

"아니다. 그냥 맨손으로 해. 예전에 보니까 반쪽이, 얘네 엄마 열심히 마트 바닥에 껌 떼던데? 푸하하!"

그때 움츠러들어 있던 태극이가 고개를 들었다. 순간 태극이가 주먹을 쥐는 것이 보였다. 날카로운 눈빛이 우혁이를 향해 날아갔다.

"야! 너희 하지 말라니까, 왜 이래?"

미소는 다시 나섰다. 하지만 채 말이 끝나기도 전에 찬주가 태극이를 향해 소리쳤다.

"야! 씨발! 빨리 청소하라고. 너 무료 급식 받아 먹지? 돈도 안 내고 밥 처드시려면 청소라도……."

순간, 태극이가 벌떡 일어나며 소리쳤다.

"나 좀 가만두라고! 계속 이러면 나도 더 이상 못 참아!"

"어쭈! 이 새끼가 아주 생쇼를 하고 자빠졌네."

"그러게. 못 참으면 어쩔……."

명수가 빈정대자, 찬주도 따라서 빈정대며 태극이 머리를 툭 쳤다. 아니, 그랬거니 했는데 '퍽!' 하는 소리가 났다. 동시에 찬주가 허리를 굽힌다 싶더니, 곧 뒤로 나가떨어졌다. 책상 서너 개가 넘어지고 의자가 나동그라졌다. 태극이가 정권 지르기를 한 다음, 앞으로 숙인 찬주의 머리를 들어 뒤로 밀쳤던 것이다.

분명 보았으면서도 믿어지지 않았다. 우혁이조차 멍한 표정을 짓고 있었다. 고요를 깬 건 명수였다.

"어라, 이 새끼 봐라! 약을 처먹었나? 이 반쪼가리 같은 새끼가!"

명수가 어느새 집어 든 대걸레 자루를 휘둘렀다. 그러나 이미 태극이는 뒤로 물러서서 책상 위로 뛰어올랐고, 벽을 한번 차더니 명수 쪽으로 몸을 던졌다. 그러면서 보기 좋게 발등으로 명수의 옆얼굴을 휘돌려 찼다. 명수는 찬주처럼 책상과 의자를 쓸어 내며 넘어졌고, 태극이는 바로 서긴 했지만 중심을 잃고 비틀거렸다. 그 순간, 우혁이의 발이 태극이 가슴팍으로 날아들었다. 태극이는 우혁이의 발을 붙잡았지만 뒤로 나동그라졌다, 라고 생각한 순간, 뒤구르기를 하더니 용수철처럼 튕겨져 일어났다. 그리고 곧바로 달려드는 우혁이의 주먹을 피해 제 주먹을 우혁이 배에 꽂았다. 정확히 명치 아래였다. 우혁이는 '헉!' 소리를 내며 앞쪽으로 무릎을 꿇었다. 태극이는 곧이어 대걸레 자루를 집어 들더니 우혁이의 어깨를 후려쳤다.

"아아악!"

우혁이가 비명을 지르며 옆으로 쓰러졌다. 그때, 찬주가 의자를 집어 들고 달려왔다. 태극이는 그마저 용케 피하며 몸을 낮추더니 찬주의 다리를 걸어 넘어뜨렸다. 찬주는 앞으로 고꾸라졌고, 태극이는 놈의 옆구리를 발로 한 번 더 걷어찼다.

"허어어억!"

찬주는 엎어진 채로 뒹굴었다. 그리고 한동안 일어나지 못했다.

태극이는 이쪽저쪽에 넘어져 있는 우혁이와 찬주, 명수를 한 번씩 돌아보면서 가쁜 숨을 몰아쉬었다. 그러고는 다시 제자리에 앉았다.

미소는 방금 전에 본 장면을 믿을 수가 없었다.

"미친……."

어이없게도 그 말이 튀어나왔다. 미소는 자신도 모르게 고개를 저었다. 얼결에 그런 거였지만, 정말로 미친 짓이었다. 그 광경을 지켜보던 다른 아이들은 멍한 표정으로 벌린 입을 다물지 못했다. 아주 오랫동안.

하지만 싸움은 이제부터 시작이었다.

며칠 뒤, 태극이는 학교 옆 골목길에서 숨어 기다리던 우혁이 패거리 여섯 명에게 머리가 두 군데나 찢어지도록 맞았다. 그러나 이틀 뒤, 태극이는 우혁이를 따로 불러내, 많은 아이들이 보는 앞에서 돌려차기 두 번과 니킥으로 놈을 고꾸라

뜨렸다. 나흘 뒤에는 다시 이전처럼 교실에서 습격을 당하고 얻어맞았다.

보름이 지날 때까지는 아무 일도 일어나지 않았다.

한 달 가까이 되었을 때, 태극이는 7반 교실로 달려가 찬주를 끌어내 두들겨 패고 낭심을 걷어찼다. 여자아이들 사이에서는 쌍알이 깨졌다는 말도 안 되는 소문이 돌았다. 다음 날에는 수업도 시작하기 전에 태극이가 명수에게 달려가 앞차기로 가슴팍을 찍고, 넘어진 놈의 귀싸대기를 열두 번도 더 후려갈겼다. 명수가 하도 뺨을 맞아 사팔뜨기가 된 것 같다나 어쨌다나 하는 소문이 돌았다. 닷새쯤 뒤에는 수근이, 다음 날에는 준모, 사흘 뒤에는 영민이, 나흘이 지난 다음에는 초원이……. 모두 우혁이의 똘마니들이었다. 그들 모두 다른 아이들이 보는 앞에서 태극이에게 말도 안 되게 얻어터졌다.

그리고 우혁이.

비가 오는 어느 날, 태극이는 본관 쪽으로 걸어가는 우혁이를 불러 세웠다. 그리고 우혁이가 돌아보자마자 우산을 걷어치우고 옆차기로 우혁이의 가슴을 올려 찼다. 곧고 빠르게 뻗어 나간 태극이의 발끝이 우혁이의 목을 찔렀고, 우혁이는 비틀거리며 화단 안으로 쓰러졌다. 우혁이는 곧장 일어나 달려들었다. 티격태격. 엎치락뒤치락. 그러는 동안 몇 번의 짧은 비명 소리가 오갔다.

태극이는 날렵한 몸으로 놈의 주먹을 피하고, 피하면서 때로는 주먹으로 옆구리를, 때로는 손날로 목을, 때로는 발끝으로 얼굴을 때렸다. 안 되겠다 싶었는지 우혁이는 허리를 숙인 채 태극이의 허리를 부둥켜안고 마구 밀어붙였다. 태극이는 뒤로 밀리다가 그 힘을 역이용해 먼저 등 쪽으로 넘어지는 듯하다 우혁이를 머리 위로 날려 버렸다. 놈은 곧 화단의 개나리 울타리 위로 떨어졌다가 보도블록 길로 나동그라졌다. 그걸 본 태극이는 화단 한쪽에 놓여 있던 플라스틱 쓰레기통을 집어 들어, 비틀거리며 일어나는 우혁이에게 덮어씌웠다. 온갖 오물이 놈의 얼굴로 쏟아졌다.

많은 아이들이 그 모습을 지켜보았다. 뒤늦게 싸움을 말리러 달려온 선생님들도 보았다. 하필이면 교무실 바로 앞 화단이었던 것. 그랬다. 모든 것이 의도적이었다. 하나하나 계획적이고 치밀하게 짜인 일이었다. 많은 아이들이 보는 앞에서 우혁이의 패거리들을 제압해 수치심을 갖게 하고, 그로써 다시는 함부로 나대지 못하게 하려는 것. 어느 순간부터 태극이는 모지락스럽게 변해 갔다.

우혁이도, 그 패거리들도 더 이상 다른 아이들을 괴롭히지 않았다. 일진 흉내도 내지 않았다.

곧 여름 방학이 되었고, 그사이 아이들은 무수한 소문을 만들어 냈다.

"이제 태극이가 일진이라며?"

∗

태극이가 움직였다. 놈은 사람들 사이사이를 지나 앞쪽 칸으로 걸어가기 시작했다. 미소는 얼른 앞 칸의 문을 열고 따라갔다. 그 뒤를 다림이가 쫓아왔다. 여전히 한쪽 손을 주머니에 넣고서. 그걸 보자 미소는 짜증이 났다. 어휴! 저 뼛속까지 초딩 같은 놈.

전동차 한 칸을 다 지나간 태극이는 한 칸을 더 건너갔다. 전동차의 속도가 줄어들기 시작하자 걸음도 빨라졌다. 태극이를 쫓느라 사람들에게 치이고 부딪쳤고, 노골적으로 짜증을 내는 사람도 있었다. 그래도 따라갔다.

그런데 전동차가 멎을 때쯤, 태극이가 저만치 앞에 있는 문으로 내리는 게 보였다.

"내려! 태극이가 내렸어!"

미소는 다림이를 잡아끌었다. 사람들을 헤치고 겨우 문밖으로 튀어나왔다.

그런데 없었다. 태극이가 보이지 않았다. 미소는 얼른 태극이가 내린 문 쪽으로 뛰어갔다. 아뿔싸! 태극이가 전동차 안에 있었다. 사람들 틈새에 딱딱하게 굳은 얼굴로 미소를 쳐다보고 있었다. 미소는 반사적으로 전동차 문으로 달려가다우뚝 멈추었다. 그때, 전동차 문이 닫혔다.

철컹 철컹

철컹 철컹

슈우웅

"뭐야, 왜? 태극이가 다시 탔어?"

다림이가 물었지만, 미소는 대답도 못 한 채 태극이와 마주 보고 있었다. 전동차의 속도가 빨라져 더 이상 볼 수 없을 때까지.

미소는 다리에 힘이 풀렸다. 터널 속으로 빨려 들어가는 전동차 꽁무니를 한참 동안이나 쳐다보았다.

"도대체 여긴 어디야? 정말 한참 왔는데?"

그 말에 미소는 두리번거렸다.

상록수.

얼른 벽에 붙은 지하철 노선도를 보니, 4호선으로 갈아탄 뒤 엄청나게 먼 거리를 온 거였다.

"이제 어떻게 할 거야?"

"어쩌긴, 집에 가야지! 그걸 물어봐야 알아?"

미소는 신경질적으로 말했다.

"그런데 태극이 저 새끼는 어디를 가는 거야?"

미소는 아무 말도 할 수 없었다.

미소는 방금 전 전동차 안에서 자신을 빤히 쳐다보던 그 날카로운 눈빛이 잊히지 않았다. 덜컥 겁이 났다.

역습:생애 가장 긴 하루

아빠가 학교에 왔다. 이건 정말 중딩에게는 가장 수치스러운 일 중에 하나야, 라고 미소는 생각했다. 도무지 얼굴을 들수가 없었다.

'내가 도둑이라니? 그래서 아빠가 학교에 불려 와야 하다니!'

미소는 아직도 믿을 수가 없었다. 도둑으로 몰린 것도 그렇고, 숨 쉴 틈 없이 그 모든 일들이 짜 맞춘(!) 것처럼 일사천리로 일어났다는 것도 그렇고. 함정, 음모. 또 무슨 단어들을 떠올릴 수 있을까?

모든 게 낯설게 느껴졌다. 거의 매일 드나드는 교무실이 마치 처음 와 보는 곳 같았다. 선생님들의 책상, 행사 상황판,

화이트보드, 줄지어 서 있는 책장과 캐비닛. 미소는 '도대체 여긴 어딜까?' 하고 반복적으로 물었다. 그리고 오가며 힐끔 쳐다보는 선생님들의 눈빛. '네가 바로 그 도둑년이구나!' 하는 듯한 표정. 미소는 당장이라도 교무실 밖으로 뛰쳐나가고 싶었다. 물론 그럴 수 없었다. 대신 미소는 입속으로 몇 번이나 외쳐 댔다.

'난 아니라고요!'

하지만 그것조차도 눈치를 봐야 했다. 건너편 소파에 앉아 있는 윤희 엄마 때문이었다. 이따금씩 쳐다보는 눈빛이 어찌나 날카로운지, 그 눈빛과 마주칠 때마다 미소는 칼날에 가슴을 베이는 착각에 시달렸다.

그때였다.

"저, 선생님, 안녕하세요?"

조심스럽게 교무실로 들어온 아빠는 담임 선생님에게 다가와 낮은 소리로 인사했다.

"어머! 미소 아버님, 오셨어요?"

담임 선생님이 고개를 끄덕이며 인사하자 예쁘장하게 묶은 머리가 강아지 꼬랑지처럼 좌우로 흔들렸다. 엄마도 늘 저렇게 머리를 뒤로 묶고 있었다. 담임 선생님이 살짝 웃었다. 미소는 담임 선생님이 그럴 때 가장 예쁘다고 생각했다. 한쪽 볼에 움푹 파인 보조개가 탐이 났다. 서른세 살인데도 20

대 후반으로밖에 보이지 않았다. 여자아이들이 가장 경계하는 예쁜 '여자 사람'이었다.

"아! 네. 선생님, 죄송해서 어쩌죠?"

"우선 이쪽으로 오세요."

"선생님, 점점 더 미인이 되어 가시네요."

"네? 별말씀을요. 그보다 미소 아버님께서는 점점 더 영해지시네요."

'참 나! 심각한 도난 사건을 두고 이분들 이렇게 화기애애해도 되는 거야? 나는 자글거리고 있는데, 서로 얼굴까지 붉히고. 이 훈훈한 분위기는 도대체 뭐냐고요! 이보세요, 장만옥 셰프님, 그거 아세요? 내가 도둑으로 몰렸다고요! 휴우! 게다가 분홍빛 면 티셔츠에 청색 남방만 탁 걸치고 나타나 주신, 아빠의 저 용기는 어쩔 거냐고.'

"그런데 선생님, 아마 틀림없이 오해가 있었을 겁니다."

아빠는 담임 선생님이 권한 소파 한쪽에 앉으며 말했다.

"저도 그렇게 믿고는 있습니다만, 정황이 워낙……."

"지금 무슨 말씀이세요? 아이들이 보는 앞에서 저 애가 도둑질한 게 들통이 났는데!"

건너편 소파에서 도끼눈을 뜨고 아빠를 노려보던 윤희 엄마가 소리를 높였다. 미소를 향해 백만 볼트 레이저를 뿜어대는 것도 잊지 않았다.

“선생님, 저 아니에요. 이건 분명히 저한테 죄를 뒤집어씌우려고 누군가 일부러…….”

“일부러? 네가 아직 정신을 못 차렸구나! 경찰서에 끌려가 봐야 정신 차릴래?”

“저, 어머니! 말씀이 좀 지나치시네요.”

아빠가 나섰다.

“뭐가 지나쳐요? 아까 들어 보니까, 계집애가 태권도 좀 한다고 우리 윤희를 발차기로 위협하고 그랬다던데!”

윤희 엄마는 오히려 더 목소리를 높였다. 말할 때마다 빨간 립스틱을 바른 입술이 과장스럽게 움찔댔다. 미소도 질 수 없었다.

“윤희가 아무 증거도 없이 도둑년이라고 욕했단 말이에요.”

“그래도 얘가! 정말 혼나고 싶니?”

“잠깐만요!”

담임 선생님이 손을 들어 말렸다. 미소도 입을 다물었고, 윤희 엄마도 무언가 더 말하려다 말고 빨간 입술을 닭똥집처럼 오므리며 물러났다. 일단 담임 선생님은 아빠와 윤희 엄마를 서로 소개했다. 아빠는 공손히 인사했고, 윤희 엄마는 시큰둥한 표정으로 고개만 까닥 움직였다. 그러고 나서 곧바로 고개를 돌렸다.

담임 선생님이 말을 이었다.

"윤희 어머니, 시계는 미소 사물함에서 나왔지만, 미소 말에도 일리 있는 부분이 있습니다."

"아니, 현장에서 범인을 붙잡았는데, 무슨 일리가 있다는 거예요?"

윤희 엄마의 말은 여전히 거칠었다. 그런 면에서 참으로 일관성 있구나, 싶었다.

"압니다. 하지만 미소의 말도 들어 봐야죠."

담임 선생님은 미소를 쳐다보았다. 그리고 턱짓을 했다.

"전 윤희 시계를 훔친 적 없어요. 그게 왜 제 사물함에 있었는지조차 몰라요."

"그렇습니다. 제 딸아이는 그럴 아이가 아닙니다. 단단히 오해가……."

"오해는 무슨! 범인들이 늘 하는 말이죠."

아빠가 미소를 거들었지만, 그 틈새를 윤희 엄마가 끼어들었다.

"아니에요. 제 사물함 자물쇠가 이미 열려 있었다고요."

"어머! 그럼 넌 누가 일부러 우리 윤희 시계를 훔쳐서 네 사물함 안에 넣어 놨다는 거니? 그것도 이렇게 망가뜨려서?"

윤희 엄마는 망가진 시계를 꺼내 보였다. 미소는 시계를 한 번 쳐다보고는 윤희 엄마에게 당당하게 말했다.

"네, 맞아요."

"뭐라고? 내 참, 기가 막혀서……."

미소는 아무리 봐도 누군가 짜 놓은 각본 같다는 생각밖에 들지 않았다. 며칠 전 태극이의 말과 조금 전 본오의 경고, 곧바로 일어난 도난 사건. 그것도 하필이면 학교운영위원회가 있는 날.

＊

점심시간에 본오가 할 말이 있다면서 미소를 불러냈다. 귀찮으니까 그냥 말하라고 했지만, 놈은 한사코 복도까지 나가서, 아니 2층과 3층의 계단 중간까지 미소를 끌어냈다. 그러고는 다짜고짜, "너, 이상한 모임 만들어서 태극이 뒤를 캐고 있다며? 그만둬!" 했다. 미소는 가슴이 덜컥 내려앉았다. 얼굴이 후끈 달아올랐다. 많은 생각들이 일시에 머릿속으로 뛰어들었다, 고 느낀 순간 미소는 일단 받아쳤다.

"무슨 소리 하는 거야? 너, 미친 거 아니야?"

그러자 예상한 반응이 아니었는지 본오의 눈빛이 흔들렸다. 그래서 계속 몰아붙였다.

"무슨 근거로 나한테 그따위 말을 하는 거야?"

"다 알고 있어. 씨바……? 아무튼 그런 모임이고, 누구누구인지도 다 알아."

이 자식은 '씨바'란다. 다림이 놈은 '씨발'이라더니.

그나저나 도대체 본오가 그걸 어떻게 알았을까? 첫날 음악자료실에 모였을 때 몰래 엿들은 놈이 있었는데, 그게 본오였을까? 그럴지도 모른다. 아니면 태극이가 말해 주었을까? 그런데 왜 본오가 나서는 걸까? 태극이라면 몰라도. 물론 태극이가 본오에게 시켰을 수도 있지만……?

엊그제, 태극이를 4호선 열차에서 놓친 다다음 날. 복도에서 마주친 놈이 그랬다. "자꾸 따라다니면, 본보기를 보여 줄거야. 너라고 예외는 없어! 그동안 참은 건, 예전에 네가 내 절친이었기 때문이야!" 그랬음 됐지, 본오를 시켜서 한 번 더 협박하는 이유는 뭘까? 미소는 머리가 복잡해졌다.

"네가 신경 쓸 일 아니니까, 나서지 마."

미소는 일단 툭 던지고 돌아섰다. 하지만 그와 동시에 본오의 목소리가 뒷목을 붙잡았다.

"계속 태극이 뒤를 캐면, 내가 가만히 안 있을 거야."

들을수록 가관이라는 생각이 들었다. 미소는 갑자기 머리 꼭대기가 뜨거워져, 불쑥 말했다.

"꼴에 너도 남자라고, 무슨 의리 지킨다고 이러는 거야? 참나, 어이가 없어서! 왜? 왕따에 셔틀까지 하다 따까리 노릇 하니까, 재밌는 모양이지?"

그런 식으로 들큰거릴 생각은 아니었다. 하지만 이미 내뱉은 말을 주워 담을 수는 없었다.

"뭐?"

본오가 얼굴을 붉히며 미간을 좁혔다. 주먹을 쥐는 게 보였다. 미소도 주먹을 쥐었다. 그리고 되쏘았다.

"왜? 내가 틀린 말 했어?"

본오는 잠시 주춤거렸다. 그사이 미소는 생각했다.

'선빵을 날릴 거면, 얼굴 앞차기다.'

미소는 반사적으로 반걸음 뒤로 물러서서 오른발을 살짝 뒤로 뺐다. 놈은 키가 크기 때문에 최대한 발끝을 높이, 그리고 곧게 뻗어야 한다!

그러나 본오는 그 이상 움직이지 않았다. 한동안 미소를 노려보기만 했다. 그러더니 이렇게 말했다.

"태극이는 네가 생각하는 그런 애가 아니야!"

"그럼, 네가 생각하는 태극이는 어떤 앤데?"

미소는 천천히 공격 자세를 풀고 물었다.

"그, 그건……. 아무튼 더 이상 간섭하지 마."

미소는 오기가 생겼다.

"아니, 그래야겠어! 너희가 하고 다니는 짓거리, 전부 다."

그러자 본오가 버럭 소리를 질렀다.

"장미소! 하지 말라고!"

본오는 이제 몸을 부르르 떨었다. 참 가지가지 한다, 싶었다. 미소는 그대로 돌아서서 교실로 갔다.

6교시가 시작되기 전 쉬는 시간.

이전 5교시는 체육 시간이었고, 체육부장인 미소는 운동 기구를 정리하고 가장 늦게 교실에 들어갔다.

윤희가 수선을 피우고 있었다.

"없어! 아무리 찾아봐도 없단 말이야!"

주변을 두리번거리다 책상 서랍을 막 뒤적이질 않나, 가방을 거꾸로 들고 탈탈 털질 않나, 그러다 얼결에 두 번? 아니, 세 번쯤 눈이 마주쳤는데, 윤희는 바로 눈을 피해 버렸다.

"쟤, 뭐라는 거야? 왜 저래?"

마침 옆을 지나가는 다림이에게 물었다.

"시계를 잃어버렸대. 명품 시계. 언니 거 몰래 차고 왔다가 잃어버렸대."

"그렇게 비싼 걸 왜 학교에 차고 와서 잃어버리고 그래."

미소는 대수롭지 않게 생각했다. 허영심이 많은 윤희는 종종 그랬다. 외제 립스틱이라면서 화장품도 가져왔고, 어떤 때는 만년필, 지갑이나 가방도 가져와 반 아이들에게 자랑했다. 그래서 그러려니 했다.

그런데 미소가 얼굴을 씻고 돌아왔을 때, 분위기가 심상치 않았다. 반 아이들 모두 책상 위에 무릎 꿇고 앉아 눈을 감고 있었다.

"장미소! 어디 갔다 이제 오는 거야? 너도 얼른 책상 위로 올라가!"

담임 선생님의 말이 거칠었다. 작고 예쁘장한 얼굴이 발갛게 달아올라 있었다.

"자, 지금부터 눈 감고 내 말 잘 들어. 윤희 시계를 가져간 사람은 조용히 눈을 떠. 그러면 용서해 줄게. 시계는 아무도 모르게 오늘까지 나한테 가져오면 돼. 10분 시간을 줄게."

한 시간 같은 10분이 지났다.

"결국 아무도 나서지 않는구나."

담임 선생님이 한숨을 내쉬면서 말했다. 당연한 일 아닌가? 초딩도 아니고 이런다고 범인이 나올까.

그때였다. 교실 뒤쪽에서 바짝 갈라진 듯한 목소리가 들려왔다.

"선생님! 범인을 찾을 거라면, 애들 책상이랑 사물함까지 다 뒤져 봐 주십시오. 범인이 아닌 사람은 억울합니다."

본오였다. 긴장해서인지 목소리의 높낮이가 일정하지 않았지만, 틀림없었다.

잠시 침묵.

담임 선생님이 여러 번 깊은 숨을 들이쉬고 내쉬는 소리가 들렸다. 그러고는 곧 발소리가 책상 사이를 스치고 지나갔다. 이번에는 담임 선생님의 목소리가 뒤에서 들렸다.

"앞 번호부터 한 사람씩 뒤로 나와서 자기 사물함을 열고 교실 밖으로 나간다. 알겠지? 자, 1번 강서희부터."

아이들이 하나씩 뒤로 나가는 소리, 사물함을 열고 닫는 소리, 무언가 뒤적거리는 소리. 별일이야 있을까 싶으면서도 차례가 가까워질수록 미소는 자꾸만 마른침을 삼켰다.

그리고 마침내 미소가 사물함 앞으로 갔는데, 열쇠로 열기도 전에 자물쇠가 맥없이 풀렸다. 미소는 고개를 갸웃거리면서 사물함 문을 열었다. 그리고 비켜섰다. 담임 선생님이 사물함 안에 손을 넣어 책을 꺼내는 순간, 책 사이에서 시계가 툭 떨어졌다. 유리에 금이 가고, 시곗줄 한쪽이 끊어진 채로. 확인할 것도 없이 윤희 시계였다.

"어어?"

그 소리를 담임 선생님이 냈는지, 자신이 냈는지 미소는 알 수 없었다.

"윤희야, 이리 나와 봐."

담임 선생님의 말에 곧바로 윤희가 달려왔다. 윤희는 시계를 보더니 날카롭게 쏘아붙였다.

"장미소, 네가 훔쳐 간 거야? 이 도, 도둑년!"

동시에 아이들이 웅성거렸다.

더 나쁜 건, 하필이면 학교운영위원회가 열리는 날이어서 윤희 엄마가 학교에 와 있었다는 것. 그래서 시계를 도둑맞았다는 걸 곧바로 알게 되었고, 현장에서 범인까지 붙잡았으니, 윤희 엄마는 당연한 듯 소란을 피웠다. 선생님들이 아이들 교육을 어떻게 했길래 이런 일이 일어나느냐는 둥, 학교에서는 도둑년을 키우느냐는 둥, 공부도 좋지만 인성 교육부터 시켜야 한다는 둥. 난리에 난리를 피우다 결론은, "빨리 이 애 부모님 오시라고 해요. 단단히 보상받을 테니까!"였다.

＊

꼭 24시간이 지났다. 하루가 어떻게 지나갔는지 알 수 없었다. 안절부절못하던 담임 선생님, 이러지도 저러지도 못한 채 고개만 끄덕이던 아빠, 닭똥집처럼 오므린 빨간 입술로 연신 거친 말을 쏟아 내던 윤희 엄마, 일단 보상을 해야 하지 않겠느냐고 딴에는 점잖게 말하던 교감 선생님, 교무실을 오가던 아이들의 쑤군거림. 그들의 얼굴, 눈빛, 말 들이 머릿속에서 불꽃놀이라도 하듯 연속으로 터지고 요란한 소리를 냈다.

도무지 억울해서 견딜 수가 없었다. 미소는 땅거미가 내릴 즈음 집을 나섰다. 아빠가 "미소! 어디 가? 70만 원 물어 주려면 김밥 한 줄이라도 더 팔아야 한단 말이야!" 했다. 순간, "아이구! 찌질이 아빠, 좁쌀영감!"이라고 맞받아칠 뻔했다. 하지만 미소는 "금방 올 거예요!" 하고는 뛰쳐나갔다. 그리고 큰길 사거리까지 쉬지 않고 뛰었다.

하필이면 비가 내리기 시작했다. 비를 피하려고 미소는 나라은행 현금 인출기 부스 안으로 들어갔다. 빗물을 털어 내고 출입문 앞에 바짝 다가섰다. 건너편 수재학원의 출입구가 생각보다 잘 보였다.

'뭔가 있어!'

미소는 확신했다. 어제 일을 거듭 더듬어 보면, 모든 게 정말로 '짜 맞추어' 놓은 듯 일어났다. 그것도 숨 쉴 틈 없이 빠르게, 반격은커녕 변변한 방어조차 할 틈도 없이! 결국에 미소는 '도둑년'이 되었고, 윤희 엄마가 요구한 70만 원을 배상해야 했다. 담임 선생님과 아빠가 조건을 붙이긴 했다. 더 조사해 보겠다, 그러니 변상은 한 달간 유예해 달라, 변상액이 크니까 3개월에 나누어 지불하겠다 등등.

하지만 미소는 억울했다. 밤새 잠이 오지 않아 뒤척였다. 그 탓에 젖은 솜뭉치처럼 무거운 몸을 이끌고 학교에 가야 했다. 쉬는 시간마다 아이들의 따가운 시선을 받아 내느라 정신을 차릴 수가 없었다. 미소는 작정하고 생각을 정리하며 기억을 더듬어 보았다. 그러자 두 가지 일이 가칫거렸다. 하나는 자기 눈을 피해 버리던 윤희의 눈빛, 그리고 또 하나는 본오의 떨리던 목소리.

그때, 주머니 속 휴대폰이 부르르 떨렸다. 미소는 전화기 화면을 보았다. 세민이였다.

"미소야, 내가 재밌는 사실을 알아냈다."

전화기를 귀에 대자마자 세민이의 말소리가 들렸다.

"뭔데?"

"태극이의 셔틀이나 태극이가 괴롭히는 아이들 말이야."

"응. 걔들이 왜?"

"혹시나 해서 명단을 쭉 뽑아서 조사를 좀 해 봤는데…….
유레카! 아주 재밌는 결과를 알아냈어."

"그러니까 그게 뭐냐고! 왜 이렇게 뜸을 들여!"

미소는 소리를 높였다.

"아! 태극이한테 당하는 아이들 대부분이 H-마트와 관련
이 있어."

"H-마트? 그게 무슨 말이야?"

미소는 시선을 수재학원 출입구에 놓아둔 채 다그쳐 물었
다. 짝퉁샘에 대해 조사하랬더니, 세민이가 무슨 말을 하는지
알 수 없었다.

"태극이한테 집중적으로 당하고 있는 애들 대부분이 휴먼
시티빌에 산단 말이야."

"그래?"

휴먼시티빌은 재래시장 바로 옆에 들어선 주상 복합 아파
트다. 1층부터 3층까지가 H-마트이고, 4층부터 아파트였다.

'그런데 그게 뭐?'

미소는 잠시 혼란스러웠다. 그게 무슨 의미일까, 를 생각해
야 하는데 얼른 떠오르지 않았다. 왜냐하면 미소네 반에도 휴
먼시티빌에 사는 아이들이 서넛은 있고, 다른 반도 마찬가지

이기 때문이었다.

'다림이도 한동안 태극이와 본오의 셔틀이었지만, 휴먼시티 빌에 살지 않⋯⋯ 아! H-마트 안에 다림이네 빵집이 있지!'

하지만 그렇다고 의문이 사라진 것은 아니었다. 무얼까? 미소는 골똘히 생각해 보았다.

"이게 무슨 의미일까?"

세민이가 물었다. 하지만 미소는 아무런 대답도 할 수 없었다. 마침 그때, 수재학원 출입구에 윤희가 나타났다.

"세민아! 이따 다시 통화하자!"

미소는 일방적으로 전화를 끊었다. 그리고 얼른 현금 인출기 부스 밖으로 나갔다. 윤희는 분홍색 자동 우산을 펼치더니 학교 반대편 쪽으로 걷기 시작했다. 빗줄기가 아까보다 조금 더 굵어졌다.

"에잇!"

미소는 짜증이 나서 입 밖으로 소리를 냈다. 지나치는 또래 여자아이가 힐끔거렸다. 무시하고 윤희를 뒤쫓아 갔다. 맞다. 그러고 보니, 윤희도 휴먼시티빌에 산다. 하지만 그게 뭐? 아직은 아무것도 알 수 없었다.

윤희는 큰 휴대폰 매장이 있는 사거리에서 잠시 멈추었다. 전화를 받는 모양이었다. 그러다가 문득 미소 쪽을 돌아보았다. 미소는 얼른 식당 입간판 뒤로 숨었다. 곧 윤희는 휴먼시티빌이 아닌 반대쪽으로 빠르게 걷기 시작했다. 안 되겠다 싶었다. 미소는 뛰었다. 그리고 막 골목으로 들어선 윤희의 어깨를 붙잡았다.

"꺄악!"

윤희는 비명을 질러 댔다. 어이가 없었다.

"뭐야! 내가 너를 잡아먹기라도 해?"

"그, 그게 아니고……. 뭔데? 왜 자꾸 따라오는 건데?"

"나랑 이야기 좀 해."

미소는 윤희의 팔목을 잡아당겼다. 그리고 더 골목 안쪽으로 끌어당겼다.

"왜 이래? 너랑 할 말 없어."

"난 있어. 말해 봐. 너 진짜 시계 잃어버렸어?"

"뭐? 그, 그거 네가 훔쳐 갔잖아."

윤희는 말을 더듬었다. 미소와 눈을 마주치지 않으려는 모습이 역력했다. 나중엔 아예 우산으로 얼굴을 가렸다. 미소는 우산을 걷어 내고 다그쳤다.

"아닌 거 네가 더 잘 알잖아. 말해 봐. 시계는 네가 내 사물함에 넣어 놓은 거 맞지?"

"무, 무슨 소리를 하는 거야? 나, 난 그런 적 없어. 네, 네가…….."

윤희가 자꾸 고개를 돌리면서 말했다.

"사실대로 말해 봐. 어떻게 된 거야? 나는 네가 그럴 애가 아니란 거 알아."

빗물이 뺨으로 흘러내렸다. 미소는 세수하듯 빗물을 훔쳐 내고 말했다. 그런데 말이 채 끝나기도 전에 윤희가 소리쳤다.

"내 시계 네가 가져갔잖아! 그런데 뭘 어쩌라는 거야! 이제 나 좀 그만 괴롭히라고!"

윤희가 너무 큰 소리를 내서 미소는 옴씰했다.

어이가 없었다. 누가 누굴 괴롭힌다고 이러는 건지. 이런 걸 적반하장이라 하겠지? 그런데 더 기막힌 일은, 소리를 지른 윤희가 울음을 터뜨렸다는 것. 아니, 어깨를 두어 번 들썩이더니 그 자리에 쭈그리고 앉아 펑펑 울었다.

미소는 당황스러웠다. 윤희에게 다가가 손을 뻗었다.

"야! 오윤희, 왜 이래? 울어야 할 사람은 네가 아니라 바로 나⋯⋯."

그때였다. 빗소리를 뚫고 굵직한 목소리가 날아들었다.

"이제 그만 좀 하지?"

뒤돌아보니, 태극이였다. 어울리지 않게, 무지개색 골프 우산을 들고 서 있었다.

"네, 네가 여길 어떻게⋯⋯?"

"네가 이럴 거 같아서 내가 윤희한테 연락하라고 했어."

"뭐? 그럼, 너희 둘이 내통하고 있었던 거야?"

"내통? 푸하하! 우리가 무슨 간첩도 아니고."

그러게 말이다. 이런 순간에 단어 선택이 이렇게나 찌질하다니! 미소는 얼굴이 후끈 달아올랐다.

미소는 숨을 고른 다음 물었다.

"너, 너지?"

"뭐가?"

아무런 감정 없는 표정으로, 태극이는 입술만 조금 움직여 되물었다.

"네가 꾸민 일이잖아. 내 말 맞지?"

태극이는 잠시 동안 말없이 미소와 마주 보았다. 놈의 입가에 희미한 미소가 번진다 싶었는데, 그러고는 그만이었다. 놈은 윤희를 일으켜 세웠다. 떨어진 우산을 주워 윤희에게 씌워 주고는 "너 먼저 가!" 했다. 윤희는 고개를 끄덕이고는 천천히 골목을 빠져나갔다.

윤희가 완전히 사라지자 태극이가 말했다.

"내가 분명히 말했지. 내 일에 간섭하지 말라고!"

"그래! 네놈일 줄 알았어. 네가 시킨 거지?"

태극이는 이번에도 아무 대답 하지 않았다. 대신 태극이는 10초쯤 미소를 마주 보았다. 그러고는 돌아섰다. 미소는 그 등 뒤에 대고 쏟아붓듯이 말했다.

"돈이 필요한 거야? 왜? 엄마 때문에? 그런다고 엄마가 돌아와?"

그 말에 태극이가 걸음을 멈추더니 천천히 돌아섰다.

"엄마 이야기는 하지 마. 너희 입으로 감히……."

태극이가 미간을 찡그렸다. 오른 주먹을 꽉 쥐는 게 보였다.

"너, 너희라니?"

"몰라서 물어? 솔직히 난 너희와 내가 같은 줄 알았어. 그런데 너희가 깨닫게 해 줬지. 내가 너희와 다르다는 걸 말이야."

"대체 무슨 말이야? 어, 엄마 때문이야?"

태극이는 더 이상 대꾸하지 않았다. 얄미웠다. 결정적인 순간에는 입을 꼭꼭 다물어 버리는 녀석을 한 대 쥐어박으면 좋겠다는 생각이 들었다. 알 듯 모를 듯, 짙은 안개 속에 희미한 실루엣만 보이는 형국이랄까. 대꾸하지 않는 것조차 이물스러워 보일 뿐이었다.

미소는 숨을 가라앉히고 되도록 차분하게 물었다.

"나한테 왜 그랬어? 아니, 다른 애들한테도 마찬가지야. 돈이 그렇게 필요했어?"

그런데 말해 놓고 보니, 무슨 드라마 대사 같았다.

'아, 나 왜 이러냐?'

그래서 그런지는 몰라도 태극이가 비웃고 있었다. 미소는 낯이 뜨거웠다. 그런데 태극이의 입에서 나온 말은, 뜻밖에도 너무 솔직했다.

"응. 돈이 좀 필요해. 돌려받을 게 있어."

"뭐? 나쁜 새끼!"

순식간이었다. 미소는 조금 낮은 쪽에 서 있는 태극이를 향해 돌려차기를 날렸다. 빗물에 바지가 젖어 다리가 마음먹은 것만큼 쭉 펴지지 않았다. 하지만 발뒤꿈치가 태극이의 가슴팍에 꽂혔다. 느닷없이 공격을 당한 태극이는 비틀거리다 뒤로 넘어졌다.

태극이는 곧 일어났다. 미소는 재빨리 겨루기 자세를 취했다. 그러나 태극이는 반격할 생각은 않고 옷만 툭툭 털었다.

"이제 됐지? 다음부터는 안 맞아 줄 거야!"

태극이는 돌아섰다.

"뭐라고?"

미소는 화가 났다. 자신도 모르게 달려가 다시 발을 뻗었다. 그러나 이번에는 태극이가 재빨리 피했다. 미소는 헛발질을 하며 앞으로 휘청거렸다. 여차하면 제풀에 벽에 부딪칠 태세였다. 그때 태극이가 뒤에서 팔을 붙잡아 주었다. 덕분에 미소는 가까스로 균형을 잡을 수가 있었다. 아, 정말 모양 빠진다! 미소는 얼굴이 후끈거렸다.

그러나 더 큰 굴욕은 그다음이었다. 태극이는 자신이 쓰고 있던 우산을 미소 앞으로 툭 던졌다.

"이 우산 쓰고 가. 감기 걸리겠다. 그리고 너, 브라자 다 보인다. 꽃무늬……."

순간 미소는 온몸에서 식은땀이 흐르고, 얼굴이 붉어지고, 입이 얼어 버리고, 다리가 후들거리고, 눈앞이 노래졌다. 그리고 잠시 뒤, 눈앞에는 아무것도 보이지 않았다.

*

'엄마! 저 어떻게 해요? 이렇게 죽을 수는 없어요. 세상에! 다른 이유도 아니고, 엄마 딸이 쪽팔려서 죽는다는 게 말이 돼요? 유관순 언니처럼 나라를 위해 만세를 부르다가 순국한 것도 아니고, 윤봉길 의사처럼 독립을 위해 폭탄을 던진 것도 아니고! 세상에! 쪽팔려서 죽다니요! 저는 아마 우리나라, 아니 세계 최초로 쪽팔려 죽는 청소년 1호가 될 거예요. 기네스북에도 오르겠죠. 그리고 다림이는 제 묘지에 이렇게 쓸 거예요.

씨발의 여왕, '쪽사'하여 여기에 잠들다.

아! 그러면 죽은 뒤에도 쪽팔릴 텐데…….'

아직도 얼굴이 화끈거렸다. 그리고 그럴수록 태극이를 한 대 더 걷어차지 못한 게 안타깝기만 했다.

"더러운 XY 염색체 같으니라고!"

미소는 얼결에 입정 사납게 소리를 질렀다. 아무리 지우려 해도 태극이의 그 표정, 엷지만 분명히 보였던 비웃음이 잊히지 않았다. 놈의 얼굴이 생각날 때마다 욕이 나왔다.

"아, 깜짝이야. 미소야, 너 무슨 생각해?"

다림이가 물었다. 정말 놀랐는지, 몸을 뒤로 젖힌 채였다. 그제야 미소는 정신이 돌아왔다.

"나? 근데 너 지금 어딜 쳐다보는 거야?"

미소는 얼른 한 손으로 가슴께를 가렸다. 다른 한 손으로는 다림이의 머리통을 쥐어박았다.

"근데 무슨 소리를 한 거야? 염색체가 뭐 어쨌다는 거야? 딴생각했어?"

"다림이 말이 맞아. 너 지금 정신이 딴 데 가 있어. 기껏 우리보고 여기까지 오라고 해 놓고."

세민이가 이상하다는 듯한 표정으로 미소를 쳐다보았다.

"그러게. 오늘은 라면도 안 끓여 주고 말이야. 난 저녁도 안 먹었다고."

"그나저나 지금까지 내가 한 말은 다 들은 거야?"

다림이와 세민이가 번갈아 가며 말했다.

"무슨 말?"

"짝퉁샘 말이야. 네가 조사하라고 해서 지금 얘기하고 있잖아."

"아, 그랬지. 그래, 뭐라고 했는데?"

"너 정말 이럴 거면, 나 집에 간다. 우리 엄마는 내가 학원에 간 줄 안단 말이야."

세민이가 정색했다.

"아니야. 미안! 아까……."

"아까, 뭐? 너 태극이 만났다더니 무슨 일 있었던 거야?"

"뭐? 아, 아니야! 일은 무슨 일? 마, 말해 봐. 얼른!"

다림이의 물음에 미소는 고개를 세차게 젓고는, 세민이를
돌아보며 재촉했다.

미소는 머리를 흔들며 생각을 털어 냈다.

"알았어. 우선, 짝퉁샘은 진짜로 월남전, 그러니까 베트남
전쟁에 참전했었대. 백마부대였다던가? 인터넷으로 찾아보
니까, 정말 그런 부대가 있더라. 전투도 많이 치렀어. 그러다
부상을 입고 제대했는데, 그로부터 얼마 뒤 전쟁이 끝났대.
그리고 오랫동안 영어 선생 한 것도 맞고. 우리 학교로 오기
전에는 요 옆에 사원중학교에 있었다더라."

"너희 삼촌이 계신 학교?"

"응!"

다림이의 질문에 세민이가 고개를 끄덕였다. 그러고는 큰
눈을 깜박거리며 말을 이었다.

"짝퉁샘 가족은 모두 미국에 갔어. 가족이라야 아들 하난
데, 결혼하자마자 유학 겸 미국으로 가서, 거기서 대학도 나
오고 취직도 했대. 국제 변호사라고 하던데. 손자도 있고. 우

리 또래쯤 됐다는 거 같았어."

"그럼, 지금 짝퉁샘 혼자 살아? 부인도 없고?"

"돌아가신 지 한 10년쯤 됐다고 했어."

"그랬구나."

미소는 자신도 모르게 고개를 끄덕였다.

잠시 아무 말도 없었다. 다림이는 은색 비비탄총을 만지작거렸고, 세민이는 노트를 뒤적거렸다.

"계속해 봐."

미소는 툭 던졌다.

"응. 그리고 뭐 특이 사항은…… 아, 베트남 여행을 자주 간다던데?"

"베트남은 왜?"

"그건 나도 모르지. 아, 근데 짝퉁샘이 베트남 전쟁 참전 전우회인가 하는 단체의 총무인지 간사인지 그렇다더라."

"그게 뭐야?"

"홈페이지를 찾아보니까……."

미소는 휴대폰을 꺼내 홈페이지를 찾아 접속했다.

조금은 촌스럽고 다듬어지지 않은 화면이 떴다. 전우회 소개, 참전 부대 소개, 베트남 전쟁의 전개 과정 등의 메뉴가 상단에 차례로 늘어서 있었다. 미소는 자유 게시판을 열었다. 전우를 찾는다는 내용도 있고, 고엽제 피해자가 어떻다는 내용, 전투 지역 방문자를 모집한다는 글도 눈에 띄었다. 그러다 미소는 어느 한 곳에 눈길이 갔다. 글쓴이가 '김석원'이었다. 바로 짝퉁샘의 이름. 미소는 그 글을 손가락으로 눌렀다.

베트남 참전 지역 방문단을 모집합니다. 전쟁이 끝난 지도 어언 35년이 훌쩍 지났습니다. 이제는 평화와 사랑으로 양국 간의 우호를 다지며, 나아가 양국의 미래 지향적 관계를 모색하고자 참전 지역을 방문하려고 합니다. 이 행사를 통해 전쟁의 아픔을 잊고, 또한 지속적인 교류를 함으로써 국위를 선양하고…….

미소는 읽다가 말았다. 중간중간 어려운 단어들도 그렇고, 무슨 글을 이렇게 배배 꼬아 놓았나 싶은 생각이 들었다. 다림이도 그렇게 느낀 모양이었다.

"이거 뭐야? 그냥 모여서 베트남 가자, 이거지? 가서 불우한 어린이도 돕고 봉사 활동도 하자, 뭐 이런 거네."

미소는 고개를 끄덕였다.

"그런데 호응이 없네. 읽은 사람도 많지 않고, 그나마 댓글이라고는 '그 지긋지긋한 전쟁터에 또 왜 가요, 그 베트콩 놈들한테 당한 게 얼만데 뭘 돕자는 겁니까.' 하는 말들이 대부분이야."

다림이가 댓글을 읽으며 중얼거렸다. 그사이 미소는 짝퉁샘 이름으로 다른 글을 검색했다. 몇 개가 눈에 띄었다.

라이따이한을 도웁시다.

"세민아, '라이따이한'이 뭐냐?"
미소는 손으로 짝퉁샘의 글을 누르며 세민이에게 물었다.

……전쟁은 슬프고 고통스러운 일이지만, 우리가 본의 아니
게 남겨 두고 온 수많은 라이따이한들은 아버지의 나라를 그리
워하고 있습니다. 우리는 그들에게 아무것도 해 준 것 없이 우
리의 핏줄만 남겨 놓고 왔습니다. 평화의 시대가 찾아온 이때,
그들이 라이따이한이라는 이유로 본국에서 피해받지 않도록 이
제라도 우리가 돕고 포용하여 미래 지향적인…….

그때 세민이가 중얼거렸다.
"베트남 전쟁에 참전한 한국인과 베트남인 사이에서 태어
난 혼혈인을 '라이따이한'이라고 해. 라이(Lai)는 '오다'의 의
미를 가진 한자 '래(來)'의 베트남어인데, 경멸조로 혼혈을
부를 때 사용하는……."
"됐어. 그만해도 돼."
"짝퉁샘, 좋은 사람이네."

문득 옆에서 휴대폰을 보던 다림이가 한마디 툭 던졌다.

"뭐? 어째서?"

"여기 글 쓴 거 보니까 그렇잖아. 주로 남을 돕자는 내용이고. 호응은 별로 없지만. 안 그래?"

"몰라. 무슨 미래 지향적이란 단어만 잔뜩 써 놨는데, 뭐."

미소는 공연히 툴툴거렸다. 이게 아닌데, 하는 생각만 들었기 때문이다.

"세민아, 또 뭐 없어?"

미소가 세민이에게 다시 물었다.

"또 뭐?"

"혹시 다른 학교에 있을 때도 지금과 같은, 그러니까 이를테면 좀 의심스러운 일이랄까?"

"없어. 내가 조사한 바로는 그래. 삼촌이 이야기해 준 것도 그게 전부야."

"그래도 세민이 삼촌이 사원중학교 선생님이라 다행이네. 아니었으면 이만큼도 못 알아냈을 거 아니야. 고생했어, 반장."

다림이가 고개를 끄덕이며 어른스러운 말투로 말했다. 그리고 세민이의 어깨를 두드렸다.

하지만 미소는 무언가 부족하다는 생각이 들었다.

바로 그때였다. 탁자 위에 올려놓은 휴대폰이 부르르 떨렸다. 메시지였다. 미소는 메시지 버튼을 슬쩍 눌렀다. 발신자 표시 제한 메시지였다.

지금 태극이가 짝퉁샘 집에 같이 있음.

미소는 깜짝 놀랐다.

"왜 그래?"

다림이가 옆으로 바짝 다가오며 물었다.

"뭐야? 누구한테 온 거야?"

"모, 몰라."

"대체 누가 이걸……."

미소는 세민이와 다림이를 번갈아 쳐다보고 말했다.

"가자!"

"지금? 벌써 밤 10시야. 난 안 돼."

세민이가 소리를 높였다.

"알았어. 그럼, 나랑 다림이랑 다녀올게. 넌 집에 가 있어."

미소는 우산부터 챙겼다. 그런데 그때, 아빠가 주방에서 나오며 소리쳤다.

"장미소! 잠깐! 오늘은 외출 금지야! 지금 몇 신 줄이나 알아?"

"아빠, 그게 아니고……."

"안 돼! 그리고 너희도 이제 그만 집으로 돌아가."

아빠가 다림이와 세민이에게 말했다. 둘은 엉거주춤 일어 났다. 미소는 그냥 두고 볼 수밖에 없었다. 아빠 표정이 어느 때보다 진지했다.

미스터리 짝퉁샘

"장미소? 장미소!"

종례가 끝나고 가방을 싸는데, 누군가 부르는 소리에 미소는 고개를 들었다. 뜻밖에도 짝퉁샘이 교실 앞문에 서 있고, 다림이가 한 손을 들어 미소를 가리키고 있었다. 미소는 천천히 걸어 나갔다.

"미소야! 네가 태극이네 집에 좀 다녀와야겠다. 태극이네 집 알지? 너희 집에서 가깝지?"

"네에?"

자신도 모르게 과한 반응이 나왔다. 미소는 얼른 손으로 입을 막았다. 그리고 짝퉁샘을 다시 쳐다보았다.

"너도 알겠지만 태극이가 사흘째 결석이잖아. 집에 전화를 해도 받지를 않아. 어찌 된 일인지 걱정돼서 말이야. 내가 가면 좋겠는데, 하필 출장 갈 일이 생겼지 뭐야. 부탁 좀 한다.”

“선생님, 저는…….”

미소는 더듬었다. 그리고 앞뒤 가리지 않고, 짝퉁쌤의 부탁을 거절할 핑계를 찾았다. 하지만 그보다 먼저 짝퉁쌤이 쐐기를 박았다.

“다림이 말로는 태권도장에도 쭉 같이 다녔고, 절친이었다며? 베, 베프라던가? 맞다. 베스트 프렌드였다던데. 괜찮지?”

미소는 짝퉁쌤 옆에 서 있는 다림이를 쳐다보았다. 내가 그렇게 말했어, 라는 뜻인가? 다림이가 고개를 끄덕였다.

“네에. 그냥 확인만 하고 오면 되나요?”

“응. 가서 내가 걱정하더라고 전하고, 전화 좀 하라고 해. 그리고 혹 오늘 만나지 못하거든 내일 한 번 더 가 보고. 알았지? 선생님은 화요일까지 출장이란다.”

짝퉁쌤은 미소의 어깨를 서너 번이나 두드리고는 교실을 나갔다.

미소가 다림이를 노려보았다.

“차라리 잘됐잖아. 호랑이를 잡으려면 호랑이 굴로 들어가야지.”

다림이 말이 틀린 말은 아니라는 생각이 들었다.

짝퉁쌤 말대로 태극이가 사흘째 결석이었다. 하루 이틀 안 보일 때는 그냥 그러려니 했다. 차라리 잘되었다고도 생각했다. 비에 젖은 채 놈에게 발차기를 날렸던 그날 이후로 미소는 내내 놈과 마주치기가 불편했다. 정작 놈은 무표정한데도 웬지 비웃고 있는 듯한 느낌을 받았다. 그래서 미소는 일부러 놈을 피해 다녔다. 이틀 동안 다림이나 세민이에게 태극이에 대한 이야기는 꺼내지도 말라고 했다.

그런데 오늘 아침, 갑자기 궁금해졌다. 조회 시간에 출석을 부르던 담임 선생님이 "태극이는 오늘도 안 왔네! 누구 아는 사람 없어?"라고 했을 때부터.

"갈 거지?"

교실을 나서는데 다림이가 쫓아오며 물었다.

"응. 별수 없잖아. 따라와."

"나도? 나는 왜?"

"뭐야? 그럼, 넌 안 가려고 했어? 네가 짝퉁샘한테 우리 집이랑 태극이네가 가깝다고 말한 거 아니야?"

미소는 톡 쏘아붙이고는 부지런히 걸었다.

'그래! 언제까지 피해 다닐 수는 없잖아. 그리고 여자애들은 다 브래지어 하는데 뭘! 안 그래? 그게 뭐가 쪽팔려! 쳇!'

미소는 혼자 중얼거리면서 주먹을 꽉 쥐었다.

"근데 태극이가 왜 결석했는지 정말 몰라?"

막 교문을 빠져나오자마자 다림이가 물었다.

"그걸 내가 어떻게 알아."

"아, 혹시 가출한 거 아니야?"

"뭐?"

"그런 애들 흔히 가출하잖아."

"그런 애들이라니?"

미소는 자신도 모르게 목소리를 높이고, 다림이를 쏘아보았다.

"잉여 같은 그런 놈들 말이야. 재활용도 안 되는 인간 분리수거 대상 1호. 폐기 처분 비용도 아까운……."

"그만 좀 하지?"

왜인지 다림이의 말이 거슬려 미소는 짜증을 냈다. 하지만 다림이는 각오했다는 듯 말을 쏟아 놓았다.

"왜? 내 말이 틀렸어? 그런 새끼들이 나중에 조폭밖에 더 돼? 그러니까 진작 싹을 잘라야 한다고."

"누가 그래?"

"누구긴? 선생님들이지. 교무실에서 선생님들끼리 이야기하는 거 다 들었어!"

다림이는 미소의 눈치를 보면서도 말을 꺾지는 않았다. 그래서 미소는 더 힘주어 말했다.

"아니야! 그렇지 않아."

"아니긴 뭐가 아니야. 태극이가 그런 아저씨들이랑 어울리는 걸 봤다는 애들도 있는데."

"아니라니까! 아니라고!"

미소는 자신도 모르게 소리를 빽 질렀다.

"아오! 깜짝이야. 아니면 아니지 왜 이렇게 소리를 질러? 근데 너 뭐야? 우리, 태극이의 뒤를 캐는 거 아니었어?"

"그게 왜?"

"아니, 지금 이 반응은 뭐냐고? 꼭 태극이를 편드는 거 같잖아."

"내가 뭘? 아아, 시끄러워! 빨리 걷기나 해."

얼굴이 화끈거렸다. 미소는 얼굴을 보이지 않으려고 앞서 걸었다.

'그래도 그건 아니야! 절대로!'

미소는 자신도 모르게 고개를 가로저었다. 아마도 태극이가 나쁜 아저씨들에게 괴롭힘을 당하는 모습을 본 아이들이 그런 말을 했을 거라는 생각이 들었다.

너무나 억울해서, 이대로 '쪽사'할 수 없다는 생각에 미소는 며칠 전 밤에 태극이 집에 갔었다. 아니, 놈이 아르바이트를 하는 주유소에서부터 뒤를 밟았다. 기회가 되면 놈의 뒤통수라도 후려갈길 참이었다. 그래야 조금이라도 분이 풀릴 것 같아서였다.

밤 10시가 넘어서야 주유소에서 나온 태극이는 제 주머니에서 연신 무슨 봉투를 꺼냈다가 넣었다가, 또 그 속을 들여다보았다가 하면서 큰길가를 쪼르르 달려갔다. 골목길로 들어서는 모퉁이 슈퍼에서 라면 한 상자를 사더니, 가파른 계단도 성큼성큼 올라갔다. 뒤통수는커녕, 그런 놈을 뒤쫓느라 미소는 계속 헐떡거려야 했다. 그러다 결국 놈이 집으로 들어가는 걸 그냥 지켜보아야만 했다. 닭 쫓던 개 지붕 쳐다보는 꼴이 딱 그 모양새일 것이었다.

그런데 돌아서려는 순간, 태극이의 비명이 들려왔다.

"으아악! 안 돼요! 뭐 하시는 거예요!"

미소는 반사적으로 계단 몇 개를 다시 뛰어올라 태극이네 집 담벼락에 바짝 붙었다. 그때 눈에 들어온 건 덩치 큰 아저씨 둘. 그중 얼굴이 큰 깍두기 머리 아저씨는 태극이의 멱살을 잡아 올리고 있었고, 비쩍 마른 가죽점퍼 아저씨는 툇마루에서 태극이 아빠의 머리를 툭툭 때리고 있었다. 태극이 손에 들려 있던 라면 상자는 찌그러져 한쪽에 버려져 있었고, 라면은 여기저기 흩어져 있었다.

"돈 내놓으라고, 돈! 돈을 빌려 갔으면 갚아야 할 거 아니야?"

태극이 아빠는 아무 말도 하지 못하고 눈만 깜박거렸다. 대신 태극이가 멱살을 붙잡힌 채 버둥거리면서 "우리 아빠 돈 없어요!" 하고 외쳐 댔다. 그러자 깍두기가 "그럼, 벌어 와야지!"했다. 태극이는 "어떻게 벌어요. 저렇게 다리를 다쳤는데!" 하고 바락 소리를 질렀다. 바로 그때, 가죽점퍼가 태극이 아빠의 다리를 걸어찼다. 하필 붕대를 감고 있는 쪽을.

"아악!"

태극이 아빠가 비명을 질렀다.

"아, 씨발! 엄살 피우지 말라고! 지금 이자만 얼만지 알아?"

"우리 아빠 좀 가만두라고!"

태극이가 소리쳤다.

하지만 가죽점퍼는 아랑곳하지 않고 계속 태극이 아빠를 윽박질렀다.

"씨발! 이자만 2백50만 원이 넘어."

"마, 말도 안 돼요. 내가 빌린 돈이 2백만 원인데, 어떻게 열 달 사이에 그렇게 많이……."

"억울하면 갚으라고! 여기 그렇게 써 있잖아. 아저씨가 여기 서명했다고! 보란 말이야! 이자 35프로에, 연체 시 매달 10프로에 해당하는 연체 이자가 추가된다, 라고."

가죽점퍼는 흰 종이를 태극이 아빠의 얼굴에 들이밀었다.

"나, 난 몰라! 당신들이 무조건 서명하라고 시킨 거잖소!"

"시끄럽고! 아무튼 당신, 알아서 해! 시간 없어. 정 돈이 없으면, 눈깔이라도 확……."

바로 그때였다. 버둥거리던 태극이가 소리쳤다.

"저 돈 있어요!"

그러더니 주유소에서 받은 봉투를 꺼냈다. 깍두기가 봉투를 빼앗아 거칠게 뜯었다.

"이 새끼가 누굴 거지로 아나? 달랑 만 원짜리 두 장이야?"

"갚을게요. 제가 갚는다고요! 그러니까 우리 아빠 건드리지 말라고요!"

미소는 겁이 나서 더 이상 지켜볼 수가 없었다. 얼른 담에서 떨어져 나와 계단 아랫길로 내달렸다. 그리고 파출소로 뛰어 들어갔다.

"아저씨, 저 위에, 끝에 있는 집에 나쁜 사람들이……."

그렇게 횡설수설하고, 경찰 아저씨 둘이 언덕 위로 올라가는 것을 보고 도망치듯 집으로 돌아왔다.

미소가 아빠에게 슬쩍 물어보니, 태극이네가 생활비 때문에 돈을 빌린 적이 있다고 했다. 그걸 갚겠다고 빌딩 짓는 공사장에서 막일을 하다 벽돌이 무너지는 바람에 다리를 다쳤다는 말도 들었다.

"너 무슨 생각해? 다 왔잖아. 저기 아니야?"

다림이가 옆구리를 찔렀다. 미소는 생각을 털어 내고 다림이가 가리킨 쪽을 쳐다보았다. 호박 줄기가 담장을 넘어온 집. 미소는 숨을 크게 들이쉬고 내쉰 다음, 걸어 올라갔다.

그때, 다림이가 걸음을 멈추며 말했다.

"너 혼자 갔다 와. 나까지 갈 필요는 없잖아?"

하는 수 없었다. 싫다는 표정이 역력했다.

미소는 계단을 마저 올랐다. 그리고 먼저 갈라진 벽 틈새로 집 안을 엿보았다. 사람의 기척이 느껴지지 않았다. 미소는 다섯 계단을 더 올라가서 칠이 다 벗겨진 파란 대문을 두드렸다. 역시 안에서는 아무런 반응이 없었다.

"조태극! 야! 조태극!"

미소는 소리를 질렀다. 그러나 이웃집 개가 짖어 대는 소리만 되돌아올 뿐이었다.

"없어?"

다림이가 쫓아 올라와 물었다. 미소는 고개를 끄덕였다.

"그럼, 가자!"

"뭐? 벌써?"

무슨 3분 카레도 아니고 오자마자 가자고? 물론 미소도 그다지 오래 있고 싶지는 않았다. 어쨌든 짝퉁샘의 심부름으로 왔고, 집에 없는 것까지 확인했으니까. 그런데 좀 찜찜한 것도 사실이었다. 아무리 그래도 해 지기 전까지는 기다려 봐야 하는 것 아닐까, 하는 생각이 들었다. 하지만 그 생각을 구태여 갈무리할 필요가 없었다. 다림이가 곧바로 돌아서게 만들었다.

"지금이 기회야. 짝퉁샘 집으로 가자."

뜻밖의 말이라, 미소는 다림이를 멀뚱멀뚱 쳐다보았다.

"짝퉁샘 출장 갔다가 화요일까지 안 온다잖아."

"그래서?"

"그래서라니? 지금 집이 비어 있을 거 아니야? 가서 수색해 보자고! 뭔가 있을지도 모르잖아! 여기서 기다린다고 태극이가 나타난다는 보장도 없고."

솔깃했다. 그런 참에 다림이가 팔을 잡아당겼다. 미소는 다림이를 따라 계단을 내려갔다.

"세민이도 오라고 할까?"

다림이가 미소를 쳐다보며 물었다. 그러고는 대답도 듣지 않고 휴대폰을 꺼내 들었다.

미소는 더 빨리 걸었다. 나중에는 아예 뛰다시피 했다. 넋을 잃은 사람처럼, 다림이가 몇 번인가 말을 걸었는데 대꾸조차 하지 않았다. 미소는 잠시도 멈추거나 뒤돌아보지 않았다. 머릿속에서 또 다른 자신이 '서둘러! 어서!'라고 외치고 있었고, 미소는 따를 뿐이었다. 어쩌면 이것이 가장 좋은 방법이라고 생각했기 때문인지도 몰랐다.

아빠가 그랬다. 방법이 잘못되었을 수도 있다고. 태극이를 이해시키라고 했던가? 설득이란 말도? 하지만 그런 방법으로 태극이란 놈과 맞설 수는 없었다. 오히려 미소는 아빠의 말을 들으면서 어떤 식으로든 놈이 무엇을 잘못했고, 짝퉁샘과 무슨 관계가 있는지 알아내야겠다고 다짐했다.

숨이 턱까지 차오를 때쯤, 장미 넝쿨이 대문 한쪽 담벼락에 뒤엉켜 있는 집 앞에 다다랐다. 동그란 손잡이 두 개가 나란히 걸려 있는 나무 대문을 저만치 앞에 두고 미소는 거친 숨을 몰아쉬었다. 그런데 돌아보니 다림이가 없었다.

기다리기로 했다. 미소는 경사진 길가에 주저앉았다. 기운이 빠졌다. 쉼 없이 걸었기 때문만은 아니었다. 돈을 벌겠다고 소리치던 태극이의 말이 자꾸만 생각나서였다. 게다가 아빠의 말까지. "너는 태극이의 진심을 이해해 보려고 노력한 적 있니? 어쩌면 태극이는 네게 손을 내밀고 있는 건지도 몰라."

누가 보냈는지 모르는 문자를 받고 달려 나가려 했을 때, 아빠는 미소를 주저앉히고 그렇게 말했다. 태극이는 저를 도둑년으로 만들었어요, 라고 소리친 뒤에 들은 말이라 미소는 머리가 띵했다. 아빠는 멍한 표정을 짓고 있던 미소에게 "아빠 말은, 일단 네가 왜 태극이를 그토록 미워하는지, 그 진심이 무엇인지 생각해 보라는 뜻이야!" 하고 말했다.

'진심? 정말 내 진심이 무얼까?'

미소는 고개를 갸웃거렸다. 이번에는 빚쟁이들에게 시달리던 태극이와 태극이 아빠의 모습이 생각났다. 뒤미처 어디선가 스산한 바람이 불어왔다.

"뭐 해? 안 들어갈 거야?"

언제 왔는지 다림이가 옆에 서 있었다. 세민이도 있었는데, 급히 뛰어왔는지 얼굴이 발그스름했다. 귀밑머리 아래쪽으로 땀 한 방울이 흘러내렸다.

"어? 그, 그런데 괜찮을까?"

미소는 더듬었다. 그리고 곧바로 그런 자신을 나무랐다.

'장미소! 혼자 미친 듯이 달려와 당장에라도 무슨 일을 낼 것 같더니, 아빠의 말 몇 마디에 그새 기세가 꺾여?'

미소는 제 머리를 한 대 쥐어박고 싶었다.

다림이는 어디서 났는지 음료수 상자를 들어 보였다. 그러고는 입술을 꾹 다물고 고개를 끄덕였다. 나만 믿어 봐, 라는 듯이. 미소는 피식 웃었다. 저 어리바리한 녀석이 뭘 하자는 걸까.

"알았어."

미소는 간단히 대답하고 다림이 뒤를 따랐다. 세민이도 별말 없이 따라왔다.

"안녕하세요?"

넉살도 좋다. 다림이는 빼꼼 열려 있는 대문을 열고 안으로 들어갔다. 마침 마당에서 천 기저귀를 걷고 있는 아줌마가 돌아보았다.

"너희는 누구니?"

"여기 김석원 선생님 댁이죠? 저희는 선생님 제자들인데, 선생님을 뵈러 왔어요."

"아, 그러니? 그런데 지금 선생님 안 계신 것 같은데……."

"알고 있어요. 선생님께서 먼저 가서 기다리라고 하셨어요. 볼일이 생겨 늦으신다고 하더라고요."

다림이와 아줌마가 이야기하는 동안 미소는 집 안을 둘러보았다. 몇 번 이 앞을 지나가 본 적은 있었지만 안으로 들어와 본 것은 처음이었다.

오래된 집이 분명해 보였다. 건물 바깥벽 곳곳에 금이 간 흔적도 보였고, 시멘트로 덧바른 티도 났다. 무엇보다 정원수로 심은 나무들의 키가 크고 잎이 무성했다. 한두 해 키운 나무들이 아니었다. 그럼에도 불구하고 삐죽 튀어나온 잔가지 하나 없이 정갈했다. 대문 오른쪽 옆에 크게 자란 향나무도 그렇고, 현관 쪽으로 길을 따라 줄지어 심은 회양목도 그랬다. 정원 왼쪽의 소나무는 큰 가지가 S 자를 그리며 자랐는데, 꽤 운치 있어 보였다. 빈 연못 주위에 놓인 통나무 의자도 오래되어 보였고, 그런대로 어울렸다.

"그런데 선생님은 몇 층에 사세요?"

"선생님은 2층에 사시고, 우린 아래층에……."

"선생님은 여기서 오래 사셨나요?"

"그렇지. 한 30년 넘게 사셨다는 것 같았어."

"그럼, 아주머니는 여기에 세 들어 사시는 거예요?"

참 별걸 다 묻는다, 싶었다. 미소는 끼어들까 하다가 그만 두었다.

"응. 그런 셈이지. 옛날에는 선생님 식구들이 1, 2층을 다 쓰셨대. 지금 다른 식구들은 미국에서 산다지? 그런데 여기서 무작정 기다릴 거니? 방에 들어가서 기다리지 그러니?"

"방에요? 어떻게요? 선생님도 안 계신데요."

"열쇠는 현관 앞 화분 밑에 있을 거야. 나한테 그렇게 말씀하셨어. 당신 안 계실 때 손님이 오면 알려 주라고."

"그러다가 아무나 들어가서 뭐라도 훔쳐 가면 어떡해요?"

"그럴 것도 없을 거야. 어차피 방문은 잠가 두시거든. 거실을 서재로 쓰고 계셔서 온통 책뿐이야. 선생님 손자도 가끔 와서 혼자 있다가 가는 것 같던데 뭐."

그때, 다림이와 아줌마가 나누는 대화를 흘려듣던 미소는 얼른 아줌마를 돌아보았다.

"손자요?"

"응. 근데 딱 보니까 우리나라 애 같지는 않던데. 너희 또래일 거야."

"키 크고 마른 애 맞죠? 얼굴 까무잡잡하고. 그쵸?"

미소가 물었다.

"응. 그래, 맞아. 그나저나 여기서 기다릴 거니? 난 들어가 봐야 하는데.”

“아, 아뇨. 그리고 이거요!”

다림이는 들고 있던 음료수 상자를 아줌마에게 내밀었다.

“이거 나 주는 거야? 선생님 드리려고 사 온 거 아니고?”

“아니에요. 선생님은 이런 거 잘 안 드세요.”

“그, 그래?”

아줌마는 망설이는 듯하다가 마지못해 음료수를 받았다. 그러고는 아래층 현관문 안으로 들어갔다.

“너, 저거 정말 아줌마 주려고 사 온 거야?”

“응. 혹시 문이 잠겨 있으면 부탁해서 열어 줄 수 있느냐고 졸라 볼 참이었지. 근데 안 그래도 되게 생겼네. 자, 가자!”

미소는 자신도 모르게 ‘헐!’ 했다. 그리고 다림이를 뒤따라갔다.

아줌마 말대로 열쇠는 현관 앞 행운목 화분 바닥에 숨겨져 있었다. 다림이는 얼른 문을 열고 나서 열쇠를 다시 제자리에 갖다 놓았다.

“이 집 진짜 오래됐나 봐. 가까이서 보니까 되게 낡았네.”

다림이는 혼자 중얼거리며 집 안으로 들어섰다.

다림이는 살몃살몃 이곳저곳을 살폈다. 방문 손잡이를 돌려 보기도 하고, 납작 엎드려 책상과 소파 밑도 둘러보았다. 주방으로 가서는 다용도실 문을 열고 한참을 들여다보기도

했다. 이어서 다락방으로 올라가는 계단 끝까지 올라갔다가
내려오더니, 사진도 몇 장 찍었다. 그러느라 한쪽에 쌓아 놓
은 책 더미가 무너지기도 했고, 서류 뭉치가 흩날려 바닥에
떨어지기도 했다.

"야, 너 뭐 하는 거야?"

"위험 요소가 없는지 살피는 거야. 혹시나 우리가 적으로
부터 공격당했을 때, 퇴로가 있는지도 확인해 둬야 하는 거
고. 이런 건 초보 탐정들도 다 하는 건데, 넌 씨발클럽 리더면
서 그런 상식도 없어?"

어이가 없었다. 지금 누구한테 지적질을 하는 건지. 정말
맘에 들었다가 안 들었다가 한다. 게다가 또 씨발클럽이란다.
미소는 다림이의 뒤통수를 한 대 후려치고 싶은 충동을 억지
로 가라앉혔다.

"딴짓하지 말고, 짝퉁샘과 태극이와 관련된 게 뭐가 있는
지, 그것부터 찾아!"

"알았어. 오케이!"

그러더니 다림이는 책장부터 유심히 살피기 시작했다. 미
소도 다른 쪽으로 시선을 돌렸다.

아줌마 말대로 거실은 창 쪽을 제외하고는 온통 책뿐이었
다. 가운데에 책상과 작은 소파 몇 개가 놓여 있을 뿐이었다.
어디서부터, 그리고 무얼 보아야 할지 판단이 서지 않았다.

그래서 미소는 한동안 멍하니 서서 사방을 두리번거리기만 했다.

"우와! 짝퉁샘 진짜 영어 좀 하나 보다. 영어책이 엄청나게 많아."

다림이의 말에 미소는 그쪽을 쳐다보았다. 이어 세민이도 소리를 높였다.

"얘들아, 이거 봐! 짝퉁샘, 박사야!"

세민이는 넓은 책장 한쪽을 가리키고 있었다. 미소는 자신도 모르게 그쪽으로 다가갔다. 크고 작은, 모양도 가지가지인 기념패들이 쭉 늘어서 있었다. 세민이는 그중 손바닥 크기의 작은 기념패를 들어 보였다. 두꺼웠지만 투명한, 그리고 네모 반듯한 기념패였다. '박사 학위 취득을 축하드립니다'라는 문구가 선명했다. 미소는 좀 의외란 생각이 들었다. 가출한 영어가 잠꼬대하는 것 같은 발음으로 학위를 받다니!

그때 미소의 시선을 잡아 끈 것은, 창 왼쪽 벽에 두 줄로 걸린 흑백 사진들이었다. 군복을 입고 철모를 쓰고 총을 들고 있는 모습, 소총을 한쪽에 세우고 앉아 있는 모습…… 그 사진들을 훑어보고 있는데 다림이가 끼어들었다. 녀석은 제 머리 높이쯤 있는 사진 한 장을 가리켰다.

"우와! 이거 봐. 가슴에 수류탄이 주렁주렁 매달려 있네. 짝퉁샘 말이 거짓말은 아닌가 봐. 그리고 이게 M16 소총이야.

대검까지 달았네. 정말 간지나지 않냐? 으익! 여기 봐. 이건 M60 기관총이야. 이걸로 두두두두, 하면 적들이 떨어지는 낙엽처럼 쓰러지지. 끼야!"

다림이는 두 손으로 정말 기관총이라도 잡고 있는 양 흉내를 내며 침을 튀겨 댔다. 해괴한 소리까지 질러 댔다. 그런데 가만히 보니 그 기관총을 붙잡고 있는 사람은 짝퉁샘이었다. 한 손은 기관총을 붙잡고 다른 한 손은 옆에 산더미처럼 쌓여 있는 탄창 위에 올려놓고.

"우왁! 탱크! 어? 여기, 이 사람도 짝퉁샘이지?"

다림이는 탱크 위에 올라선 열댓 명의 병사가 찍힌 사진을 가리켰다. 그리고 맨 앞에 철모를 한 손에 들고 있는 군인 한 사람을 콕 짚었다. 미소는 고개를 끄덕였다.

"그러고 보니 중사네."

"중사면 계급이 높은 거야?"

"졸병은 아니지. 못해도 분대장쯤은 하셨다는 거지. 어라? 잠깐만. 이거 뭐야? 악! 짝퉁샘, 권총도 쏘네. 이건 뭐지? M1911 시리즈인가? 오오! 이게 이때도 있었구나."

다림이 부모님은 아마 편하셨을 거다. 저렇게 혼자서도 잘 노니까 말이다. 미소는 다림이가 뭐라고 하든 말든 사진을 하나씩 살폈다. 정글에서 찍은 사진, 헬기에서 내려 총을 들고 달려가는 사진, 돌무덤에 총을 거꾸로 꽂아 놓고 거수경례하는 사진, 그리고 부상당한 병사를 부축하고 걸어가는 사진. 그 사진들 때문인지. 미소는 알 수 없는 먹먹함에 가슴이 울컥울컥했다.

그때, 세민이가 불렀다.

"미소야, 여기 좀 봐."

세민이는 책상 옆에서 액자를 하나 들어 보였다. 미소는 잔뜩 쌓여 있는 책들을 피해 책상으로 다가갔다. 그리고 세민이가 건네준 액자를 들여다보았다. 오래도록 미소의 시선이 머문 곳에는, 짝퉁샘이 어린아이를 안고 찍은 사진이 있었다. 그 옆에는 예쁘장하게 생긴 여자가 서 있었다. 원피스 같은 흰색 옷을 입었는데, 앳돼 보였다.

"누구지?"

미소는 얼결에 혼잣말하듯 물었다.

"누구? 이 아이? 아니면 아오자이 입은 여자?"

"아, 이 옷을 아오자이라고 하는 거야? 그래, 둘 다! 누굴까?"

묻자마자 미소는 피식 웃었다. 세민이라고 알 리 없잖은가.

세민이는 어깨를 으쓱해 보였다.

"이 사진 속 사람들이랑 같은 사람들인가?"

세민이가 다른 액자 하나를 더 들어 보였다. 아오자이를 입은 여자가 아이를 안고 찍은 사진이었다.

"같은 사람들이지?"

미소는 고개를 끄덕였다. 의심할 여지가 없었다. 책상 앞에 죽 늘어선 대여섯 개의 액자에는 모두 두 사람의 사진이 끼워져 있었다.

"뭐야? 얘가 혹시 짝퉁샘 손자인가?"

어느새 다림이가 다가와 물었다. 미소는 자신도 모르게 또 '헐!' 했다. 이 녀석은 어떤 때는 머리가 잘 돌아가다가 어떤 때는 거꾸로 돌아가는 모양이다, 싶은 생각이 들었다.

"야! 장난해? 봐, 여기에 날짜 쓰여 있잖아. 1975년 1월이라고. 그럼 벌써 몇 년 전이야? 짝퉁샘 젊은 거 안 보여? 네가 아무리 수학이랑 담을 수십 번 쌓고 백 년간 절교했다고 쳐! 설사 그렇더라도 그렇게 계산이 안 되냐?"

"아, 그런가? 근데 아까 아줌마가 손자가 어떻고 해서 말이야. 이 사진 속 아이도 은근히 태극이랑 닮은 거 같고."

"뭐? 어디가?"

"눈도 크고, 눈썹도 진하고, 피부 색깔도 비슷하고……."

다림이는 책상 가장 오른쪽 끝에 있는 액자를 집어 들었다. 그러고 보니 그나마 아이가 컸을 때의 사진이었다.

"이게 닮은 거야? 베트남 사람이라 비슷한 거 아니고?"

세민이가 나섰다. 미소가 생각하기에도 그랬다. 게다가 태극이는 중학생이고, 아이는 많게 봐야 대여섯 살로 보였다.

"그런가? 아님 말고. 그럼 이 사람은 누구고, 태극이가 손 자란 건 또 무슨 소리지? 아, 뭐가 이리 복잡해."

다림이는 휴대폰을 꺼내더니 사방을 찍어 대기 시작했다.

"뭐 하는 거야?"

"혹시 나중에라도 필요할 거 같아서. 기록을 남기는 건 탐정에게 아주 중요한 일이거든."

도대체 뭐라는 건지. 미소는 그러려니, 내버려 두고 다시 책장을 살폈다.

바로 그때였다. 주머니에 넣어 둔 휴대폰이 부르르 떨렸다. 미소는 얼른 꺼내 보았다. 메시지였다.

태극이가 그쪽으로 가고 있어. 얼른 피해.

미소는 깜짝 놀랐다. 도대체 누가 이런 메시지를 보낸 걸까. 우리가 여기에 있다는 건 또 어떻게 알고.

"야, 이것 좀 봐!"

일단 다림이와 세민이에게 알려야겠다는 생각이 들었다. 그런데 세민이가 소리쳤다.

"태, 태극이다! 저, 저 새끼가 여길 왜 왔지?"

"뭐? 어디?"

다림이가 먼저 창가로 달려갔고, 미소도 뒤따랐다.

과연 태극이가 문 앞에서 서성대고 있었다. 문 위로, 담장 너머로 집 안쪽을 두리번거리고 있었다.

"뭐, 뭐야? 저 새끼, 가출해서 집에도 없던 새끼가 왜 여기서 어정거리는 거야?"

"……."

"그나저나 저 새끼, 이리로 들어오려는 거 같은데?"

"야! 너 자꾸 새끼, 새끼 할래? 쟤가 네 새끼야?"

다림이의 말에 미소는 소리를 꽥 질렀다. 다림이가 빤히 쳐다보았다. 당혹스러운 표정이었다. 미소는 괜히 민망해져서 얼굴이 후끈 달아올랐다.

"그, 그러니까 내 말은, 태극이가 들어올지 모르니까, 빨리 무슨 조치를 취해야 할 거 아니냔 말이야. 아까 아줌마가 그랬잖아. 가끔 손자가 와서 있다가 간다고."

미소는 변명하듯 더듬거리며 말했다. 아마 다림이도 눈치 챘을 것이다. 하지만 지금은 그런 데 신경 쓸 여유가 없었다.

"아 참! 그리고 이거……."

그제야 미소는 수상한 문자 메시지를 내밀었다.

"누구야? 누가 보낸 거야?"

"몰라. 알 수가 없어. 발신자 표시 제한으로 떴어."

세민이가 걱정스럽게 물었고, 미소는 고개를 저었다.

"우와! 대박! 이거 완전 소름 돋는다. 누군가 우리를 계속 미행하면서 지켜보고 있었단 뜻이네."

"아마도 그런 것 같아."

미소도 겁이 났다. 금세 입안이 말랐다.

그사이 태극이는 몇 차례 더 집 안쪽을 두리번거리다 휴대폰을 꺼내 어디론가 전화를 걸었다. 불과 몇 초 뒤, 짝퉁샘의 책상에 있는 전화기에서 전화벨이 울렸다.

"꺅! 엄마야!"

세민이가 깜짝 놀라며 뒤로 물러섰다.

"저 새끼, 아니 태극이가 지금 여기로 전화하는 것 같아."

미소는 고개를 끄덕였다. 그럴 거라는 생각이 들었다.

전화벨 소리는 열댓 번도 더 울리고 끊어졌다. 그리고 동시에 태극이가 움직이기 시작했다. 맞다. 미소가 얼결에 한 말이지만, 말이 씨가 된 모양이다. 두리번거리던 태극이가 결국 문 안으로 들어섰다.

"어, 어떡해?"

세민이가 안절부절못하며 미소를 쳐다보았다. 하지만 선뜻 무어라고 말할 수가 없었다. 미소는 이러지도 저러지도 못한 채 두리번거리기만 했다. 빨리 방법을 생각해 내야 했다. 이런 곳에서 태극이와 부딪치면 정말로 낭패가 아닐 수 없었다.

"다락으로 올라가자!"

세민이가 말했다. 그리고 동시에 미소는 네댓 걸음을 옮겼다. 하지만 다림이가 손을 저으며 말했다.

"안 돼. 다락이 깊지가 않아. 게다가 놈이 얼마나 오래 머무를지 알 수 없잖아."

"그럼?"

"주방! 다용도실 쪽에 바깥으로 나가는 문이 있는 것 같더라. 아까 확인했어. 이리 와."

다림이는 앞서 주방 쪽으로 달려갔다. 그러다 멈칫하더니 소리쳤다.

"신발!"

그 말에 미소는 신발 세 켤레를 모두 들고 주방 쪽으로 달려갔다. 다용도실 문을 여는데, 현관문에 열쇠 돌리는 소리가 들렸다. 서둘렀다. 그러느라 다용도실에 놓여 있는 세탁기 모서리에 무릎을 찧고 말았다. 너무 아팠지만 소리를 지를 수 없었다. 미소는 다림이를 따라서 재빨리 다용도실 바깥으로 나갔다.

하지만 다용도실은 바깥이 아니라 옥상과 연결되어 있었다. 별수 없이 좁은 계단을 타고 옥상으로 올라갔다.

"어떡해? 언제까지 여기 있어야 해?"

옥상에 올라서자마자 세민이가 발을 동동 굴렀다. 그러자 다림이가 세민이를 붙잡았다.

"쉿! 발소리 크게 내면 안 돼. 아래에 다 들릴 수 있어."

"그래. 방법이 있을 거야."

미소도 당황스럽기는 마찬가지였다. 하지만 침착해야 한다는 생각이 들었다. 스스로 생각해도 같잖았지만, 미소는 어른스럽게 말하려고 애썼다.

미소는 일단 옥상을 이리저리 살펴보았다. 부서진 의자 두 개가 한쪽에 넘어져 있었고, 그 옆에는 에어컨 실외기 두 대가 나란히 놓여 있었다. 빨래 건조대로 쓰였음 직한 쇠기둥이 동서에 나란히 솟아 있었다. 하지만 칠이 다 벗겨지고 녹슬어서 온통 붉었다. 그래도 빨랫줄 한 가닥이 아직 남아 있었다. 그뿐이었다. 사방을 돌아가면서 둘러보았지만 아래로 내려갈 만한 길은 없었다. 올라온 길이 내려갈 수 있는 유일한 길인 듯 보였다. 기다리는 수밖에 뾰족한 수가 없었다.

그러나 단 1분 만에 걱정스럽고 초조해졌다. 별의별 생각이 다 들었다. 해는 뉘엿뉘엿 넘어가고 있고, 나갈 방법은 없고. 나가려면 결국 다용도실을 통해야만 하는데, 그러면 태극이와 마주칠 게 뻔하고. 그럼, 태극이에게 뭐라고 하지?

아아! 그보다는 오줌이 마려웠다. 아직은 참을 만했지만, 시간이 길어지면 정말 낭패가 아닐 수 없었다. 미소는 고개를 저었다. 생각하기도 싫었다.

그나저나 다림이는 뭘 하고 있는 걸까. 녀석은 태연하게 바닥에 쭈그리고 앉아서 꼼지락거리고 있었다. 다가가 보니, 구석에 버려져 있는 노끈을 주워 휴대폰을 묶고 있었다.

"뭐 하는 거야?"

"탐정 만화책에서 본 건데, 기다려 봐, 내가 금세 태극이가 뭘 하는지 알게 해 줄게."

"이걸로 뭘 어떻게 할 건데?"

미소는 거듭 물었다. 그러자 다림이가 씩 웃더니, 묶은 휴대폰을 들고 한쪽 옥상 난간으로 조심스레 걸어갔다. 짝퉁샘의 서재에 창이 나 있는 쪽이었다. 다림이는 먼저 카메라 앱을 열더니 동영상 촬영 버튼을 눌렀다. 그러고는 화면을 조금 확대한 채로 천천히 휴대폰을 아래로 내렸다.

"이래 가지고 될……."

"쉿!"

말을 꺼내자마자 다림이가 손가락을 입에 댔다. 미소는 입을 다물었다. 그리고 지켜보았다.

다림이는 휴대폰의 카메라 렌즈 쪽이 유리창에 닿도록 조정한 다음, 잠시 기다렸다가 노끈을 끌어 올렸다.

"뭐 좀 찍혔어?"

세민이가 다림이 옆에 바싹 붙어 서며 물었다. 다림이는 빠른 손놀림으로 재생 버튼을 눌렀다. 처음엔 까맣게 보이다 곧 짝퉁샘의 서재가 나타났다. 선명하지는 않지만, 틀림없이 태극이가 소파 위에 웅크리고 누워 있는 모습이 보였다. 한참을 들여다보아도, 놈은 정지 화면처럼 오랫동안 꼼짝도 하지 않았다.

"다시!"

다림이는 휴대폰을 들고 반대편 난간으로 달려갔다. 그리고 똑같은 방법으로 휴대폰을 다시 내려뜨렸다.

"여긴 어떨지 모르겠다. 주방 쪽 창은 작아서 정확하게 맞추지 않으면……. 어유! 나 좀 잡아 줘. 이러다 떨어지겠다."

미소는 세민이와 함께 한껏 몸을 굽히고 있는 다림이의 허리와 다리를 붙잡았다. 문득 미소는 중얼거렸다.

"아, 씨! 이게 무슨 잉여질이냐!"

아랫배가 묵직했다. 오줌이 더 마려웠다. 조회 시간에도 잘 부르지 않는 애국가를 입속으로 세 번이나 불러야 했다.

이상한 고백

교문으로 올라가는 언덕길을 걷는데 두 번이나 쉬었다. 다리가 후들거려서였다. 숨까지 턱턱 막히는 게, 어른들 말처럼 이러다 제명대로 못 살겠다 싶었다. 틀림없다. 목구멍이 바짝 마르고, 이따금씩 눈앞에 희끗한 별이 보이는 게 가무러지는 듯했다. 미소는 눈을 부릅뜨고 다리에 힘을 주어 걸었지만, 열댓 걸음 걷고 나면 또다시 맥을 못 추고 할딱댔다. 교문 앞에 까만 양복을 입고 서 있는 학생주임이 저승사자로 보일 정도면 말 다 한 거다.

"휴우!"

미소는 한숨 쉬듯 숨을 길게 내뱉었다. 그리고 뒤를 돌아보았다. 세민이는 아직 보이지 않았다.

미소는 휴대폰을 꺼내 아까 받은 메시지를 다시 확인했다.

긴급 뉴스.
너 어디?

나 담에 내려.

학교 앞에서 보자.

그때, 누군가 등을 툭 건드렸다.

"오래 기다렸어? 늦게 일어났는데 엄마 잔소리까지 좀 듣고 오느라고."

돌아보니 세민이가 숨을 할딱이며 서 있었다.

"그런데 긴급 뉴스가 뭐야?"

"어제 삼촌이 집에 오셨거든."

"그래서?"

"짝퉁샘이 왜 교감이 되지 못했는지 알아냈어."

"뭐?"

좀 생뚱맞다, 싶었다. 지금 시점에 그게 중요한 일일까? 미소는 시큰둥한 표정을 지었다.

하지만 세민이의 다음 말에 미소는 온 신경을 곤두세워야
했다.

"8년 전쯤에, 짝퉁샘 때문에 학생이 죽었대!"

"뭐? 죽어?"

미소는 소리를 꽥 지르고 말았다. 그 바람에 옆을 지나가
는 아이들이 힐긋거렸다. 미소는 자신도 모르게 입을 막았다.

세민이는 주변을 두리번거린 다음, 찬찬히 입을 열었다.

"짝퉁샘 반에 그런 여자아이가 있었나 봐."

"어떤? 걔네 엄마도 베트남 사람이었대?"

미소의 질문에 세민이는 고개를 끄덕였다. 그리고 말을 이
었다.

"꽤 심하게 왕따를 당해서 담임인 짝퉁샘한테 상담을 청했
대. 그런데 그날 급한 일이 생겨서 짝퉁샘이 제대로 신경 쓰
지 못했다나 봐. 게다가 다른 애들 말도 들어 봐야 하니까, 서
로 잘 지내면 좋겠다고, 그냥 그런 식으로만 이야기하고 타
일러서 보냈는데……. 삼촌 말로는, 짝퉁샘은 다음 날 그 여
자애를 다시 불러서 상담할 생각이었대. 하지만 바로 그날,
선생님한테 일러바쳤다는 이유로 더 심하게 맞고, 그 나쁜 애
들이 강제로 옷까지 벗기고 그랬나 봐."

"뭐? 그, 그래서?"

미소는 놀라서 숨이 멈추는 듯했다.

"그리고 얼마 뒤 그 아이는 자살했어."

"아!"

미소는 얼결에 혓바닥을 깨물고 말았다.

"문제는 그다음이었지. 걔 유서가 발견됐는데, 짝퉁샘에 대한 내용도 있었던 거야. 그것 때문에 짝퉁샘은 징계를 받았고, 승진 대상자가 되지 못한 거지."

미소는 가슴이 찌릿했다. 짝퉁샘이 승진하지 못한 이유를 알게 되어서가 아니었다. 짝퉁샘이 태극이를 싸고도는 이유와 어떤 식으로든 연관이 있을 것 같아서였다.

머릿속이 갑자기 바빠졌다. 전날 짝퉁샘 집에서 보았던 여러 장의 사진, 태극이의 이해할 수 없는 행동, 그리고 짝퉁샘의 8년 전 비밀.

"미소야, 아무래도 짝퉁샘이 그 일 이후로 태극이 같은 애들에 대한 애착이 남달라진 건 아닐까?"

미소의 생각을 읽어 내기라도 한 것처럼, 세민이가 조심스럽게 말했다.

"글쎄. 일단 들어가자."

미소는 엉성하게 대답하고는 걸음을 떼었다. 그런데 그때였다.

"너 혹시 치질 걸렸니?"

헉! 이건 또 무슨 똥 싼 변기에 휴대폰 빠뜨리는 소린가. 돌아보니, 다림이가 따라오고 있었다.

"죽을래?"

미소는 손날 끝을 펴서 다림이의 목 옆을 제비품목치기로 내리찍었다. 다림이가 캑 소리를 내며 뒤로 물러섰다.

"너, 진짜 어디 아픈 거 아니야?"

이번에는 세민이가 물었다. 미소는 고개를 저었다.

"치질 아닌데 왜 그렇게 걸어? 아, 그날이야?"

다림이가 다시 다가와 깐족댔다. 이번에는 등주먹얼굴앞치기를 하려고 손을 들자마자 다림이가 뒤로 내뺐다.

"아, 알았어. 네가 엉거주춤한 자세로 걸으니까 그렇지. 그리고 총 네 명으로 좁혀졌어. 세민아, 말했어?"

생급스럽게 다림이가 말했다. 하는 수 없이 미소는 올렸던 손을 내렸다.

"뭔데?"

"너한테 메시지를 보내는 애 말이야. 용의자를 네 명쯤으로 압축했다고."

세민이가 진지한 표정으로 말했다.

"어떻게? 그게 누군데?"

"우선 태극이의 셔틀 중에 있을 거라 생각했어."

"왜? 태극이 편이라면, 태극이한테 알리지, 왜 나한테 알려? 그럴 리가 없잖아."

"아니야. 역지사지로 생각해 봐."

"역지…… 뭐?"

"입장을 바꿔 놓고 생각해 보자고. 만약 네가 태극이의 셔틀인데, 우리가 태극이의 비리를 캐내는 일을 하고 있어. 그럼 양가감정이 들지 않겠어?"

"양가감정은 또 뭐야?"

이번에는 다림이가 끼어들었다.

"모순된 감정 말이야. 아, 그러니까 한편으로는 태극이한테 잘 보이고 싶은 마음과, 다른 한편으로는 태극이한테 복수하고 싶은 마음이 섞여 있다, 뭐 이런 거? 걔들이야 어차피 밀려야 본전인데, 태극이 모르게 해 볼 만하잖아."

"그래서 용의자로 누구누구를 찍은 거야?"

미소가 물었다.

"일단은 윤희."

"윤희? 나를 도둑년으로 몰았는데?"

"그래서 더 그럴 수 있지. 네 말대로 그게 정말 태극이가 시켜서 한 짓이라면, 너한테 미안해서라도 그럴 수 있고."

"설마……."

"아니야. 원래 범인은 늘 의외의 사람이더라고!"

다림이가 나섰다. 또 무슨 탐정 만화를 보고 저러나 싶었다. 미소는 자신도 모르게 손이 올라갈 뻔했지만, 꾹 참았다.

그간 다림이가 읽은 만화책이 조금은 도움이 되었으니까. 미소는 고개를 끄덕였다.

"그다음은 누구?"

"그야 당연히 본오지. 너도 예상하고 있었지?"

"처음엔 그랬는데, 가만히 생각하니까 놈이 왜 그랬을까 싶기도 해."

"솔직히 나도 판단이 잘 안 서긴 해. 범인이라면 그리 쉽게 자신을 노출시키진 않을 거야. 그런데 너한테 경고까지 했다며? 너무 뻔하잖아."

"하지만 내가 방금 말한 것처럼, 범인은 늘 의외성이 있는 거니까. 그게 오히려 트릭일 수도 있어."

또 다림이었다.

"트릭?"

"응. 말하자면 눈속임이지. 탐정들은 보통 나 범인이오, 이러는 놈들한테는 크게 주목하지 않아. '설마 범인이, 내가 범인이오! 이러겠어?' 하고 생각하는 거지."

그럴듯하게 들리긴 했다. 하지만 왜 저 녀석의 모든 말들은 만화 대사 같은 걸까. 미소는 이번에도 기계적으로 고개를 끄덕였다. 그리고 물었다.

"그리고 또?"

"그다음은 신영이."

"신영이는 왜?"

"부반장이잖아. 그리고 네가 시바클럽 메일을 보냈었으니까."

"아……."

"그 뒤에 신영이를 따로 만나 이야기를 나눈 적은 없었지?"

"물론. 다시 메일을 보내서, 우리와 함께하지 않을 거면 비밀로 해 달라고 했어. 그러겠다고 답장도 보내왔고."

"그런데 난 신영이가, 우리가 처음 모이던 날 음악자료실을 엿보고 간 애가 아닐까, 생각해."

세민이가 큰 눈을 깜빡거리며 진지하게 말했다.

"왜?"

"그 당시에 시바클럽의 존재를 알고 있던 건, 걔를 포함해서 전부 넷이었잖아. 그러니까 가능성이 가장 크지."

미소는 세민이의 말에 고개를 끄덕였다.

"그럼 마지막 한 사람은?"

"조미영!"

이번에는 다림이가 대답했다. 조금 뜬금없다는 생각에, 미소는 고개를 저었다.

"걔는 아니야. 나랑 친하지도 않고. 오히려 조미영은 태극이와……."

미소는 말을 잇지 못했다. 얼마 전, 미영이가 태극이에게

144

돈을 건네주던 생각이 나서였다. 그런데 뜻밖에도 다림이가 바로 그와 비슷한 이야기를 꺼냈다.

"사실 미영이는 태극이가 하는 심부름센터의 가장 큰 단골 고객이야."

"뭐? 그건 또 무슨 소리야?"

짐작하고 있었으면서도 미소는 반사적으로 물었다.

"며칠 전에……, 7반 차유민 알지?"

"그 아이돌 가수 한다고 깝치는 애?"

세민이가 물었다.

"응. 걔가 아이들 모인 데서 조미영을 씹었나 봐."

"뭐라고?"

"이랬대. '야! 우리 외종사촌의 고모에 이모 아들이 나무에 올라갔다가 두 번 떨어지고 쇠똥에 얼굴을 처박았는데도 조미영보다 비주얼이 열 배는 낫다!' 뭐, 그랬다나? 큭!"

옆에서 세민이가 킥킥거렸다. 미소는 웃음을 참으며 고개를 돌렸다. 그런 채로 짧게 되물었다.

"그래서?"

"뭐가 그래서야. 미영이가 태극이한테 돈을 주고 유민이 손 좀 봐 달라고 한 거지. 근데 태극이가 정말 실력이 있긴 있나 보더라."

"……?"

"맞긴 맞았는데 티가 안 나서, 유민이가 엄마한테 맞았다고 했는데 거짓말하지 말라고 그랬대. 그치만 유민이는 아파서 맨날 징징거리고. 대박이지 않냐?"

"그러니까 요지가 뭐냐고?"

미소는 소리를 높였다.

"그러니까 내 말은, 번번이 돈을 받아 가는 태극이가 미웠을 수도 있다는 거지."

하긴 그렇다. 미영이라고 태극이가 좋게만 보일 리는 없을 테니까.

"하지만 미영이가 우리가 태극이 뒤를 캐는 걸 알고 있다고?"

"물론 그건 확신할 수 없지만, 가능성이 없지는 않아."

"가능성?"

"응. 미영이랑 신영이랑 아주 친하거든!"

문득 세민이가 치고 나왔다.

"맞다. 항상 둘이 같이 다니지. 그, 그럼 신영이가 미영이한테 말했을 수도 있다?"

미소가 말을 받았다. 그러자 세민이가 과장스럽게 고개를 끄덕였다.

"휴! 뭐가 이리 복잡해!"

미소는 숨을 크게 내쉬었다. 알 듯하면서도 모를 일이었다.

"그런데 어떻게 이 넷으로 압축한 거야?"

"걔들한테 모르는 척 문자 메시지를 보내서 네 휴대폰 번호를 알려 달라고 했어."

대답은 세민이가 했다.

"하지만 너희가 시바클럽이란 거 알 텐데. 진짜 범인은 그걸 알고 있을 거 아니야."

"걱정 마. 그래서 다른 애들에게 부탁했어. 내가 너랑 싸운 척하고, 우리 일을 전혀 모를 것 같은 애들을 골라서……."

"그것도 둘이나!"

다림이가 손가락 두 개를 펼쳐 V 자를 그렸다.

"둘이나?"

"응. 한 사람한테만 하면 정확도가 떨어질 수 있으니까."

미소는 고개를 끄덕였다.

"그나저나 너 어젯밤에 뭘 한 거야? 전화도 안 받고."

"나? 어제……."

그때였다.

"야! 거기, 교실로 안 들어가고 뭐 해? 종 치는 소리 안 들려?"

저승사자, 아니 학생주임이 새까만 몽둥이를 휘두르며 소리를 질러 댔다.

"가자!"

다림이가 앞섰다.

＊

지난밤을 생각하면 정말 까무라칠 지경이었다.

모처럼 둘리분식에 저녁 손님이 바글거렸다. 그래 봤자 탁자가 다섯 개뿐이라서 고만고만했지만, 6시부터 8시까지 꾸준히 손님이 들었다. 그런 데다 아빠가 단골 여대생들에게 서비스를 한다고 또 그 해괴한 라면 요리를 해 댔다. 그 때문에 마감 시간도 늦어지고, 설거지 거리도 훨씬 많아졌다.

뭐였더라? 골뱅이떡볶이무침라면? 아, 그것까지는 어찌어찌 인정한다 치고! 골뱅이만 따로 삶으면 되니까. 그런데 고추장볶음라면스팸말이는 뭐냐고요. 라면을 고추장에 볶아서 살짝 익힌 스팸에 두르고, 또 스팸이 펴지지 않게 이쑤시개로 살짝 찔러 줘야 하는데, 그걸 열다섯 개나 만들어야 했다. 아니, 아빠도 아빠지만, 겨우 라볶이 3인분에 김밥 2인분을 시켜 먹으면서 30분을 더 기다려 그걸 먹고 가는 언니들은 또 뭐람? 물론 결사반대를 외쳤음에도 불구하고, 아빠가 기어코 메뉴판에 당당하게 새겨 넣은 치즈라면버거를 만드는 데에도 엄청 손이 갔다. 햄버거에 들어갈 고기를 굽고, 라면을 볶아 상추, 토마토와 함께 빵 사이에 넣어야 했으니까. 다행히 하루 종일 그 메뉴를 고르는 바보는 없었다.

그런데 아빠가 급작스럽게 원 플러스 원 행사를 해 버렸다.

그 탓에 미소는 뒤늦게 고기를 굽고 라면을 볶느라 또 미친 듯이 땀을 흘려야 했다. 빵 사이에 넣은 라면은 왜 자꾸 흘러내리는지. 면발을 쭉 잡아당겨 패대기치고 싶은 마음이 굴뚝같았다. 미소는 '아무리 삼신할머니의 랜덤이라도 그렇지, 어찌 아빠의 딸로 태어나게 하셨나요?' 하면서 하늘을 원망했다. 그리고 또 간절히 기도했다.

'하느님! 아빠가 제발 김떡순만 팔게 해 주세요. 네? 그러지 않으면 아빠를 미성년자 노동 착취하는 악덕 고용업주로 고소하고 말 것 같아요. 제발 제가 그런 패륜아가 되지 않게 해 주세요. 제발요!'

마침내 모든 일을 마치고, 미소는 전등을 하나하나 껐다. 문도 막 잠글 참이었다.

거기서 끝났다면 아무 문제가 없었을 것이다. 대강 설거지를 마무리하려는데 문이 벌컥 열렸다. 태극이 아빠였다. 동시에 천둥 같은 목소리가 좁은 둘리분식 안에 쩌렁쩌렁 울렸다.

"장 혀어어엉! 저 왔어요!"

태극이 아빠는 이때 이미 웬만큼 취해 있었다. 아빠는 주방에 있다가 서둘러 나갔고, 곧 탁자를 사이에 두고 두 사람이 마주 앉았다. 처음에는 아빠가 태극이 아빠의 신세타령을 들어 주는 모양새였는데, 요리할 때 쓰려고 사다 놓은 소주를 꺼내 잔을 주고받더니, 나중에는 아빠도 엄마 이야기를 안

주 삼아 꺼내 놓았다.

태극이 아빠는 서해안에 살던 이야기부터 다시 시작했고, 아빠는 간간이 "그러게 말이에요. 나쁜 놈들!" 하거나, "도대체 이놈의 나라는 약자한테는 한없이 강하고, 강자한테는 한없이 약하당께요!" 하는 식으로 족보에도 없는 사투리를 툭툭 던지며 맞장구를 쳤다. 그럴 때마다 소주잔이 오갔다. 그러다 태극이 아빠가, 대형 마트가 들어서고 골목 상인들 절반이 가게 문을 닫고 나가지 않았느냐며, 나라도 믿을 게 못 된다고 소리를 높이자, 아빠는 "맞아요. 국회 의원이고 뭐고 다 소용없지요." 했다.

이때부터 소주잔을 주고받는 속도가 빨라졌다. 그동안 미소는 안주로 계란말이를 만들고, 참치김치찌개를 끓였다. 영락없는 국밥집 주모였다. 어쩐지 역사 선생님이 주방 상궁이라고 했을 때 낯설지가 않더라니!

미소가 참치김치찌개를 탁자에 놓고 돌아서는데, 바로 그때 태극이 아빠의 목소리가 갑자기 무거워졌다.

"그래도 장 형은 미소가 이렇게 훌륭하게 커 주니 얼마나 좋아요."

그 말에 미소는 자신도 모르게 씩 웃었는데, 곧바로 아빠의 웃음소리가 들려왔다.

"푸핫! 훌륭하긴요. 계집애가 무슨 망아지 같아 가지고, 지

엄마는 안 닮고 누굴 닮았는지. 어떤 때는 아들놈 키우는 거 같기도 하고. 나중에 시집이나 갈 수 있을지 모르겠어요."

이거야말로 '헐!'이다. 하나밖에 없는 유일한 가족인 아빠가 번번이 안티질이라니!

"그래도 태극이만 할까요? 그놈은 툭하면 집 나가고, 대체 어디서 잠을 자고 뭘 먹고 다니는지 모르겠어요."

그 말에 미소는 잠시 걸음을 멈추었다가 얼른 주방으로 들어가 쪼그려 앉았다. 태극이 아빠가 힐끗 쳐다보았지만, 미소는 외면했다. 눈을 마주쳤다가는, "며칠 전에 짝퉁샘 집에서 태극이를 봤어요!"라고 털어놓을지도 몰라서였다.

적어도 그날은 짝퉁샘 집에서 잤을 터였다. 다림이가 두 번이나 실패하면서, 노끈에 휴대폰을 매달아 내려뜨려 찍은 영상 속 태극이는 소파 위에서 내내 꼼짝도 하지 않았다. 한 번인가 두 번쯤 화장실을 가느라고 일어난 것 외에는. 그 때문에 미소는 두 아이들과 함께 옥상에 세 시간이나 갇혀 있어야 했다. 태극이는 미소와 다림이와 세민이가 뒤꿈치를 들고 방을 빠져나오는 동안에도 깨지 않았다. 코까지 골면서 깊은 잠에 빠져 있었다.

사실 그래서 미소는 혼란스러웠다. 두 사람은 무슨 관계일까? 짝퉁샘은 왜 태극이에게 열쇠가 있는 곳까지 알려 줬을까? 아래층 아줌마가 태극이를 짝퉁샘의 손자라고 할 정도면 한두 번 드나든 게 아니었다. 아니, 그렇더라도 손자로 말할 정도면? 짝퉁샘이 아줌마에게 그렇게 말해 둔 걸까? 그리고 책상 위에 있는 그 사진들은 무얼까? 그 어린아이, 태극이랑 정말 닮긴 닮았는데. 미소는 머리를 쥐어뜯었다. 별의별 생각이 다 들었다.

그때쯤 태극이 아빠가 말했다.

"내가 장 형한테는 말했죠? 왜 그 녀석한테 태극이라는 이름을 지어 주었는지 말이에요. 그놈도 어엿한 한국 사람이라는 뜻에서 그랬어요. 태권도도 그래서 시켰던 거예요. 꼭 국가 대표가 되라고 했지요. 그런데 고작 불량배라니. 하늘도 무심하시지."

태극이 아빠는 길게 한숨을 내쉬었다. 그런 다음 물을 한 잔 들이켜더니 다시 말을 이었다.

"내가 운이 없었던 거죠. 다리를 다치고, 다친 다리가 겨우 나을 만하니까 다른 다리를 다치니, 뭘 어쩌겠어요? 어찌 이토록 운이 없는지 말이에요. 장 형은 이해돼요?"

그 말에 아빠는 정말로 안다는 것처럼, "그럼요. 이해하죠!" 했다. 그 말에 용기를 얻었는지 태극이 아빠는 곧바로 말을 이었다.

"물론 제가 손을 좀 댔죠. 그렇다고 막 때리진 않았어요. 저도 힘들고 답답하니까. 도대체 말이 통해야지요."

"네? 누구를요?"

"태극이 엄마요. 뭐, 그래서 집을 나갔겠죠."

"아!"

아빠가 과장되게 고개를 끄덕였다. 조금 당황한 표정이었다. 그럴 만했다. 태극이 아빠는 횡설수설하고 있었다. 생각나는 대로, 이 이야기를 하다가 저 이야기를 하다가.

태극이 아빠는 길게 숨을 내쉰 다음 다시 말을 이었다.

"아, 알아요. 다 제가 못나서죠. 다독거리고 그랬어야 했는데, 다치고 나니까 막막하더라고요. 회사에서는 밀린 월급도 안 주지. 그래서 마누라를 보냈더니 무슨 말인지 잘 못 알아듣고. 참 나! 제가 사고 난 게 회사 책임이 아니라는 서류에 사인을 하고 왔더라고요. 어찌나 울화통이 터지던지. 보상금은커녕 사고로 회사에 손해를 끼쳤다고 도리어 월급도 빼앗기고 말이에요."

술이 꽤 들어갔는지 태극이 아빠는 발음이 정확하지 않았다. 그리고 정작 무슨 이야기를 하고 싶은 건지, 미소는 알 수가 없었다.

아빠가 한번 끼어들었다.

"그게 왜 사모님 탓이에요. 그 회사 사람들이 나쁘네요. 아무튼 그래서 사모님이 원망스러우셨던 거네요. 손을 올린 것도 그 때문이고. 맞지요?"

"그렇다고 집을 나가느냐고요? 휴! 그래도 태극이 엄마가 어디서 돈을 빌려 가지고 그나마 그 허름한 월세방이라도 구해 놓은 건데……. 에잇! 장 형, 우리 같은 이들은 왜 이렇게 살아야 하는 걸까요? 전 이런 인생을 우리 태극이한테 물려주고 싶지 않은데 말이에요. 그래서 악착같이 물고기도 키웠고, 미친 듯이 채소도 팔았던 건데. 으흐흐흑!"

태극이 아빠가 울었다. 미소는 깜짝 놀라 숨을 더 죽였다.

그런데 잠시 뒤에는 아빠도 울었다. 이상한 건, 태극이 아빠의 이야기는 좀 슬펐는데, 아빠가 말할 때는 소름이 돋았다는 것. 공주처럼 키우고 싶었다는 둥, 미소를 볼 때마다 세상을 떠난 아내가 보고 싶다는 둥. 이러다 이번에는 아빠 때문에 또 쪽사하는 거 아니야? 미소는 아무도 보는 사람이 없는데도 얼굴이 뜨거워졌다.

미소는 발이 저려서 일어났다. 그리고 슬쩍 아빠들이 있는 곳을 쳐다보았다. 순간, 눈 버렸다, 라고 생각했다. 두 남자 어른이 서로 어깨를 토닥이면서 울고 있었다.

'아! 내가 잘못 본 건 아니겠지?'

16년 동안 살면서 이런 '찌질하게 감동적인' 장면은 처음이었다. 예쁘고 아름다운 것만 보아야 할 나이에 이런 험한 꼴을, 그것도 혼자 지켜보아야 하다니.

미소는 방문을 열다가 다시 한 번 멈칫했다. 식당 쪽에서 전화벨 소리가 들렸다. 엉켜 있던 두 사람이 떨어졌고, 울음도 잠시 멈추었다. 태극이 아빠가 전화를 받았다.

"아, 선생님! 이 밤에……. 아닙니다. 괜찮습니다. 미소 아빠랑 한 잔……. 아, 네. 태극이가 오늘은 집에 있습니다. 네? 아, 네. 저야 감사하지요. 네, 그러겠습니다. 내일 저녁때 제가 찾아뵙겠습니다. 네네. 편히 주무십시오."

누굴까. 짝퉁샘일 거라는 생각이 퍼뜩 들었다. 그리고 그 생각은 옳았다. 아빠가 태극이 아빠에게 물었다.

"누구예요? 김석원 선생님?"

태극이 아빠가 고개를 끄덕였다. 그리고 소주를 한 잔 더 마시더니 대답했다.

"그래도 김석원 선생님이 많이 도와주시네요. 이런 고마운 분들이 있어서 그나마 우리 애도 그렇고, 애 엄마도……. 흑!"

으아아! 또 운다. 아빠도! 미소는 얼른 방으로 들어가 문을 닫았다. 하지만 울음소리는 한동안 계속 들려왔다.

그런데 새벽에는 웃음소리가 들렸다. 선잠이 들었던 듯한데, 웃음소리에 깨어 보니 아빠들이 뭣 때문인지는 몰라도 깔깔대고 있었다. 하도 시끄러워서 귀를 막았는데, 이번에는 노랫소리가 들려왔다. 음정과 박자는 진작 가출한 듯했다. 분명 같은 노래를 부르는데, 전혀 다르게 들렸다.

"싸아라아아아앙을 파알고 사아아아는, 꼬오오오오옷 바람 소오오오옥에……."

그렇게 새벽이 지나고 날이 밝을 때쯤, 두 사람은 방에 나란히 누워서 코를 골고 있었다. 방 안에 온통 술 냄새가 진동했다.

＊

4교시까지 미소는 내내 졸았다. 그러는 동안 슬며시 꿈도 꾸었다. 그 꿈에는 여지없이 두 아빠들이 울고 웃는 장면이 등장했다. 그 탓에 3교시에는 조선 골룸에게 "야! 거기, 물 긷는 무수리처럼 생긴 애! 너 계속 졸고 있을 거야?"라는 핀잔도 받았다. 그 말에 반 아이들은 "대박!" 이러면서 요란하게 웃었다. 미소도 고개를 숙이고 저 혼자 씁쓸하게 웃었다.

'저번에는 주방 상궁이라더니, 이제는 물 긷는 무수리라고? 내가 치사해서라도 성은을 입어야……. 응? 지금 내가 뭐라는 거야?'

생각하다 말고 미소는 혼자 피식피식 웃었다. 남들이 보았으면, 미쳤다고 할 게 뻔했다.

미소는 고개를 돌려 힐긋 태극이를 쳐다보았다. 겉으로는 무표정해 보였지만, 왠지 오른쪽 윗입술을 삐죽거린 것 같았다. 비웃는지도 모른다고 생각했다. 하지만 신경 쓰지 않기로 했다. 원체 졸음이 목을 쥐고 있는 터라, 점심시간에는 밥도 안 먹고 자야겠어, 라는 생각만 반복해 댔다.

하지만 정작 점심시간에는 잠이 오지 않았다. 4교시가 끝나는 종이 울리자마자 겉옷을 뒤집어쓰고 책상에 엎드렸지만, 오히려 그 순간부터 정신이 맑아졌다. 동시에 온갖 생각들이 머릿속을 콕콕 찔렀다. 미소는 이리저리 방향을 바꾸어 가며 뒤척거렸다. 그래도 잠은 오지 않았다. 수상한 메시지를 보냈을 용의자 네 명의 얼굴이 차례로 스쳐 지나갔다.

도둑년이라고 말하면서도 자꾸 눈을 피하던 윤희. 그래, 어쩌면 윤희일 수 있다. 태극이의 사주로 그런 게 확실하다면, 몹시 굴욕적이었을 테니까. 그렇다고 본오를 의심하지 않을 수는 없다. 가장 먼저 의심한 사람이 본오였으니까. 시바클럽을 결성하던 날, 둘리분식에도 왔었고. 물론 본오가 둘리분식에 처음 온 것은 아니었지만, 하필 그 시간이었던 게 미심쩍었다. 하지만 직접 나서서 태극이 뒤를 캐지 말라고 경고한 것으로 보면, 또 아닌 듯도 하고. 아니지! 오히려 그것이 물타기일 수 있다, 고 미소는 생각했다.

'맞아! 내가 의심하니까, 자신이 철저하게 태극이 편인 체한 건지도 몰라!'

미소는 고개를 끄덕였다.

휴! 그럼, 신영이는? 다림이나 세민이의 말대로 몰래 음악자료실을 엿본 사람이 신영이일 확률이 가장 크지 않을까? 하지만 신영이가 미영이에게 말했다면, 이야기는 달라질 수 있다. 미영이뿐만 아니라, 다른 누구에게라도 말을 꺼냈다면?

생각이 엉켜서 풀리지 않았다. 잠도 오지 않았다. 머리만 아팠다. 미소는 하는 수 없이 겉옷을 걷어 내고 고개를 들었다. 책상에 바로 앉아 두리번거렸다. 반 아이들 절반이 이미 교실로 돌아와 있었다. 뒷문 쪽 자리에 태극이가 보였다. 놈은 아무 말도 하지 않고 구석진 자리에 앉아 휴대폰만 만지작거렸다. 미소는 저것도 불만이었다. 수업 시작 전에 아이들 휴대폰을 모두 걷어 교무실에 보관했다가 종례 때 돌려주는데, 유독 태극이만 늘 휴대폰을 가지고 있었다. 다른 아이들도 가끔은 휴대폰을 빼돌렸지만, 고작 한두 번이었다. 하지만 태극이는 항상 그랬다. 맞다. 놈의 모든 것, 하나하나가 맘에 들지 않았다. 미소는 자신도 모르게 주먹을 꽉 쥐었다.

그때 5교시 시작을 알리는 종이 울렸다. 그와 동시에 다림이가 교실 앞문 쪽에서 소리쳤다.

"'썩은 피' 떴다!"

교실에 흩어져 있던 아이들이 재빠르게 자리로 돌아갔다. 그리고 일시에 조용해졌다. 그 순간, 미소는 가슴이 철렁 내려앉았다. 수학 숙제! 어젯밤 벌어진 시트콤 때문에 숙제에는 손도 못 댔고, 학교에 온 뒤로는 조느라고, 점심시간에는 문자를 보낸 범인과 태극이 놈에게 신경 쓰느라 생각도 못

한 것이었다. 미소는 입안이 타들어 가는 것 같았다. 그러다 마침내 썩은 피가 문을 열고 교실로 들어오는 순간 몸이 아예 돌처럼 굳어 버렸다.

"차렷! 경례!"

세민이가 일어나서 인사를 했다. 그러자 썩은 피는 인사를 받는 둥 마는 둥 하더니 칠판에 수학 문제를 옮겨 적기 시작했다.

꼭 네 문제를 칠판에 쓰더니, 돌아서서 말했다.

"오늘이 8일이니까 8번, 18번, 28번, 38번, 나와서 문제 푼다. 실시!"

아! 정말 세상의 모든 수학 선생님들은 왜 이럴까? 아빠 때도 그랬다던데, 그동안 대통령이 몇 번을 바뀌고 강산이 얼마나 많이 변했는데, 이건 이리도 안 바뀐단 말인가! 그러니 별명이 썩은 피일 테지?

그나저나 오늘 딱 걸렸다. 미소는 28번이었다. 그래서 어떻게든 수학 숙제를 하려고 한 거였는데."오늘 내 준 숙제 범위 안에서 내일 문제 풀이 시킬 거니까, 꼭 풀어 오도록!" 그 말이 머릿속을 울렸다.

미소는 일어났다. 다림이와 신영이도 끼어 있었다. 일단 미소는 문제를 읽었다.

x^2의 계수가 1인 어떤 2차식을, 윤석이는 x의 계수를 잘못 보아 $(x+2)(x-6)$으로 인수 분해 하였고, 창민이는 상수항을 잘못 보아 $(x+3)(x-2)$로 인수 분해 하였다.

처음 이차식을 바르게 인수 분해 하라.

미소는 보드마카를 집어 들었다. 그리고 잠깐 생각했다.

'음, 일단 윤석이는, $(x+2)(x-6)=x^2-4x-12$에서 x의 계수를 잘못 보았으니까…… . 아오, 빡치네. 이 자식들은 왜 그걸 잘못 봐 가지고 이런 문제를 내게 만들어. 어떤 놈들이야, 이거!'

땀이 삐질삐질 났다. 딱 거기까지였다. 더 이상 손이 움직이지 않았다. 머리까지 굳는 듯했다. 그걸 눈치챈 걸까.

"이것들 봐. 너희 전부 기상청 예보관이야? 어째 하나도 못 맞히고 있어?"

썩은 피가 회초리로 교탁을 탁탁 두드렸다. 그 소리에 온몸이 쪼그라드는 것 같았다.

"못 풀겠다, 싶은 놈들은 이쪽으로 와!"

미소는 그만 포기하고 돌아섰다. 썩은 피 앞으로 한 발 다가섰다. 창피해서 힐끗 아이들 쪽을 먼저 보았다. 바로 그때였다. 자리에서 누군가 벌떡 일어났다. 태극이였다. 어이없게도 놈은 전화기를 귀에 대고 있었다.

"뭐라고?"

태극이가 소리를 높였다.

곧바로 썩은 피가 소리쳤다.

"야! 너 뭐 하는 놈이야? 저거 미친 거 아니야?"

하지만 태극이는 아랑곳하지 않고 가방을 싸더니 뒷문으로 걸어갔다.

"야! 이리 안 와?"

태극이는 그 말을 무시한 채 교실 밖으로 나가 버렸다.

"어라? 저 새끼가! 야! 너 나가서 쟤 데리고 와! 어서!"

하필이면 썩은 피는 나를 붙잡아 문 쪽으로 떠밀었다.

"네?"

"어서! 가서 저 새끼 잡아 오란 말이야!"

얼결에 미소는 앞문으로 나갔다. 태극이는 벌써 계단을 내려가고 있었다.

"야! 조태극!"

그러나 그 말이 태극이의 뒷목을 잡기 전에 놈은 계단 아래쪽으로 사라져 버렸다. 미소는 뛰었다.

태극이는 뛰듯 빠른 속도로 걸으며 주차장 쪽으로 걸어가고 있었다. 주차장 옆으로 돌면 후문이었다. 학교 밖으로 나가려는 것 같았다. 여전히 전화기를 귀에 댄 채였다.

도대체 무슨 일이야? 속으로 물으며 미소는 뛰었다.

주차장으로 막 들어가려는데 태극이의 목소리가 들려왔다. 미소는 우뚝 걸음을 멈추었다.

"그럼, 경찰에 신고하지 그랬어! 가만있으면 어떡해? ……뭐? 그게 왜? ……어, 얼만데? 얼마나 모자라는데? 맞잖아. 결국 돈을 더 달라는 거잖아. 엄마! 대답 좀 해 봐! 엄마!"

그리고 잠잠해졌다. 미소는 가만히 서 있었다. 어찌해야 할지 몰라서 벽에 등을 기댄 채 숨만 크게 들이쉬고 내쉬기를 반복했다.

잠시 뒤, 점점 다가오는 발소리가 들렸다. 하지만 미소는 피할 생각도 하지 못하고 가만히 서 있었다. 곧 태극이가 미소 앞을 스쳐 갔다. 태극이는 아무런 말도 하지 않고 지나가는 듯하더니 멈추었다.

"왜 이렇게 쫓아다녀? 너, 나 좋아해?"

순간, 숨이 탁 막혔다.

"야! 무, 무슨……."

"아님 됐고!"

미소가 아무 말도 하지 못하자, 태극이는 곧바로 몸을 돌렸다. 그리고 다시 교실 쪽으로 걸어갔다.

그제야 정신이 퍼뜩 들었다. 미소는 소리를 질렀다.

"야! 조태극! 이 씨……. 나쁜 놈! 수박씨 뱉어 버릴 새끼!"

미소는 소리쳤다. 그런데 뭔가 이상했다. 욕을 한다고 했는데, 수박씨를 뱉는 게 아닐 텐데? 뭐였지? 아! 씨발라먹을 수박! 그거였는데, 욕조차 제대로 못 하다니! 미소는 발을 동동 구르며 머리를 쥐어뜯었다.

"아! 미친년!"

＊

수업이 모두 끝나고, 청소 당번을 제외한 아이들이 모두 돌아간 뒤에도 미소는 싱숭생숭했다. 기운이 쪽 빠졌다. 그래서 미소는 청소가 끝난 교실에 앉아 한동안 멍하니 창밖만 바라보고 있었다.

도무지 이해가 되지 않았다. 태극이는 왜 갑자기 교실로 되돌아왔을까. 무엇 때문에 순순히 썩은 피에게 종아리를 맞고, 온갖 핀잔을 다 들었을까. 태극이는 수업이 끝날 때까지 아무런 말도 하지 않았다.

미소는 신경이 쓰여서 견딜 수가 없었다. 6교시 사회 시간에도 태극이를 쳐다보느라 필기를 한 줄도 하지 못했다. 마치 시한폭탄이 언제 터질지 몰라 조마조마한 심정이랄까. 미소는 태극이가 조금만 움직여도 움찔움찔했다. 나중에는 심장이 거칠게 뛰었다. 그러나 가끔씩 자세를 바꾸거나 고개를 움직이는 것 말고 태극이는 거의 움직임이 없었다. 그래도 마음을 놓을 수가 없었다. 저러다 어느 순간, 불다 놓친 풍선처럼 어디로 튀어 나갈지 모른다는 생각이 들었다.

하지만 곧 미소는 스스로를 타일렀다.

'내가 지금 뭐 하는 거야? 내가 쟤 누나라도 돼? 무얼 걱정하고 있는 거야? 태극이가 뛰쳐나가든 말든 그게 나랑 무슨 상관이야? 그래, 그냥 놔둬! 시바클럽은 무슨! 짝퉁쌤이랑 무슨 관계가 있는지 내가 알 게 뭐야? 아이들이 태극이 때문에 피해를 본다고? 그걸 내가 다 어떻게 막아. 별수 없잖아. 셔틀당하는 아이들이 우리 학교 애들뿐이야? 셔틀은 어디에나 있잖아. 왕따를 당하는 아이들도 늘 있는 거고. 맞아! 난 최선을 다했어. 그럼에도 불구하고 놈은 내 말을 전혀 듣지 않았어. 오히려 나를 도둑년이 되게 했어. 그럼 끝난 거 아니야? 그나마 친구였을 때 남아 있던 감정이 지금은 조금도 남아 있지 않잖아. 그래, 내가 미친년이지. 저런 놈에게 무슨 말을 한들, 그런다고 달라지나? 천만에! 저런 놈은, 다림이 말대로 기껏해야 조폭밖에 더 되겠어? 잉여 같은 자식. 그래, 제멋대로 해 보든가.'

그런 생각에 기분이 나빠졌다.

"뭐야? 도대체!"

미소는 입 밖으로 소리 내 중얼거렸다. 그리고 자리에서 일어났다.

터벅터벅 걸었다. 깊은 숨을 들이쉬고 내쉬면서. 이런저런 생각들을 주워섬기면서. 범인이 누구인지 다시 추측해 보고,

지난밤 태극이 아빠의 이야기도 떠올려 보았다. 그리고 주차장에서 전화를 받던 태극이의 목소리도 되뇌었다. 하지만 그무엇도 정리되지 않았다.

그런 채로 교문을 막 나설 때였다. 주머니 속에서 휴대폰이 부르르 떨렸다. 세민이였다.

"응! 세민아, 왜?"

"미소야! 빨리 이리로 와. 여기 테크노센터 6층이야. 카메라 파는 곳. 얼른 와."

세민이가 말을 쏟아 냈다.

"무슨 일인데?"

"태극이가 나랑 우리 학교 애들 셋을 데리고 이리로 왔어. 그런데 아무래도 카메라를 훔칠 거 같아. 어서 와! 지금 무서워서 화장실에서 몰래 전화하는 거란 말이야."

"무슨 말이야?"

"설명할 시간이 없다고!"

"아, 알았어. 갈게!"

다시 가슴이 벌렁거렸다. 또 무슨 일을 벌이려는 걸까. 미소는 뛰었다. 그러면서 되도록 차분히 생각했다. 어떻게 하지? 하지만 반사적으로 던진 질문에 불과했다. 아무런 생각이 나지 않았다. 일단 미소는 있는 힘을 다해 달렸다. 그리고 냉큼 버스에 올라탔다.

버스 안에 서서 흔들리는 채로 미소는 또 생각했다. 카메라를 훔치다니? 느닷없이 무슨 말일까? 그럴 수도 있다. 하지만 그걸 세민이가 어떻게?

버스는 느렸다. 큰 사거리를 지나 두 정거장만 가면 되는데, 버스는 좀처럼 사거리를 통과하지 못하고 있었다.

전화! 그래, 그 전화와 관련 있는 게 틀림없다. 아까 분명 엄마라고 했다. 그 전화가 태극이 엄마의 전화가 맞다면, 엄마가 돈이 필요하다고 했다면? 왜? 아! 그랬구나. 그래서 놈이 그냥 달아나지 않고, 종아리를 맞으면서도 교실로 되돌아간 거였어. 미소는 무언가 짚이는 게 있었다. 자신도 모르게 고개를 끄덕였다.

바로 그때, 세민이의 메시지가 날아들었다.

미소야! 어디?

가고 있어. 무슨 일 생겼어?

하지만 버스가 사거리를 지나 내릴 때가 되었는데도 세민이는 답이 없었다. 미소는 버스에서 내리자마자 달렸다. 사람들 사이를 요리조리 피해서 테크노센터 1층으로 들어갔다.

엘리베이터를 탈까 하다가 에스컬레이터 쪽으로 방향을 바꾸었다. 에스컬레이터에 오른 뒤에도 두 칸씩 뛰어 올라갔다.

6층.

미소는 에스컬레이터가 올라온 방향으로 난 통로를 따라 걸었다. 천장 아래로 카메라 상점의 이름과 일련번호가 적힌 간판들이 줄지어 매달려 있었다. 폴짝폴짝 뛰며 드넓은 카메라 매장 안을 여기저기 살폈다. 빠른 걸음으로 정면 통로 끝까지 간 다음, 오른쪽 통로로 방향을 바꾸었다. 계속 빨리 걸었다.

다시 통로의 끝에 다다랐을 때, 엘리베이터에서 경찰관 세 명이 내리는 모습이 보였다. 미소는 지레 겁을 먹고 그 자리에 우뚝 멈추어 섰다. 저편에서 웅성대는 소리가 들려왔다. 미소는 폴짝 뛰어 보았다.

D-48. 일신 디지털카메라

그 간판 아래로 태극이의 머리가 얼핏 보인 듯했다.

가슴이 더 콩닥거렸다. 미소는 천천히, 아니 빨리, 다시 천천히 다가갔다.

태극이와 세민이뿐만이 아니었다. 카메라 상점 안에는 다른 반 아이 세 명도 함께 있었다. 그리고 그 아이들을, 예닐곱

명의 어른이 둘러싸고 있었다. 왁자지껄했다.

"안 훔쳤다는데 왜 이래요? 보내 주세요!"

태극이가 억울하다는 듯이 말했다.

"허! 이 녀석 좀 보게. 참 맹랑한 녀석일세. CCTV에 이렇게 나와 있는데도 시치미를 떼?"

"아니에요. 밖에서 잠깐 보려던 거였어요."

머리가 크고 목이 짧은, 덩치가 산만 한 아저씨가 태극이를 몰아붙이고 있었다. 아마 상점 주인인 듯했다. 다른 아이들은 고개를 숙이고 이러지도 저러지도 못한 채 발만 동동 구르고 있었다.

"미소야!"

세민이가 먼저 미소를 보고 알은체했다. 그러자 머리 큰 아저씨 옆에 서 있던 청년이 세민이의 어깨를 붙잡았다.

"어딜 가!"

"안 가요. 친구가 와서……."

세민이가 여드름이 잔뜩 난 청년에게 붙잡힌 채 큰 눈을 껌벅거렸다.

그 청년은 미소에게로 다가왔다.

"너도 한패야?"

"네? 뭐가요?"

"얘는 아니에요."

"아니긴 뭐가? 너희 둘이 아는 사이잖아. 너는 다른 데서 망보고 있었지?"

"무슨 말이에요. 나는 지금 왔는데요."

청년과 세민이와 미소의 말이 뒤엉켰다.

미소가 왠지 느낌이 좋지 않다, 라고 생각하는데 뒤에서 누군가 다가왔고, 동시에 굵은 목소리가 들렸다.

"실례합니다. 여기서 도난 신고하셨나요?"

아까 마주친 경찰관들이었다.

"네! 맞습니다. 애들이 카메라를 훔치려 했습니다."

"아니라니까요! 왜 이러세요!"

"이 자식, 조용히 못 해? 자, 여기 CCTV 좀 보세요."

머리 큰 아저씨가 컴퓨터 모니터를 가리켰다.

……손님이 서너 명 있다. 청년과 머리 큰 아저씨가 손님들에게 일일이 카메라에 대해 설명하고 있다. 잠시 뒤, 태극이와 세민이, 그리고 다른 반 아이 둘이 한꺼번에 우르르 매장 안으로 들이닥친다. 좁은 매장 안이 더 정신없어 보인다. 태극이와 같이 온 아이 하나가 상점 입구에서 서성댄다. 세민이와 다른 반 애 두 명이 계산대 쪽에 있는 유리 전시대 앞에서 까맣고 작은 카메라를 가리키며 이것저것 묻는다. 그리고 태극이가 그 뒤에서, 다른 전시대 안에 있는 카메라를 꺼내 밖에 서 있던 아이에게 재빨리 건넨다. 그 아이는 그것을

받아 들고 뛴다, 싶었는데 마침 조금 전 세민이를 붙잡았던 청년과 부딪쳐 넘어진다. 카메라도 떨어진다. 세민이와 다른 아이들이 재빨리 나가려 한다. 다른 손님들이 어리둥절해하고, 청년이 먼저 아이 둘을 붙잡는다. 태극이가 몸부림치며 빠져나가려 하자, 머리 큰 아저씨가 커다란 손으로 태극이 뒷덜미를 붙잡는다. 다른 가게 아저씨들 서넛이 달려온다. 틈새로 빠져나가려던 세민이도 붙잡힌다…….

수상한 메시지

　미소는 단무지 썰던 칼을 내려놓았다. 손을 행주로 닦고 휴대폰을 집어 들었다. 그리고 다시 태극이 번호를 눌렀다. 전화는 연결되지 않았다. 벌써 열 번도 넘게 같은 번호를 눌렀지만, 전화기가 꺼져 있다는 안내만 반복되었다.

　미소는 전화기를 내려놓고 다시 칼을 집어 들었다. 그리고 통단무지 하나를 꺼내 도마 위에 올려놓았다.

　딱! 딱! 따닥!

　칼이 도마에 닿는 소리가 유독 크게 들렸다. 미소는 다시 칼질을 멈추었다. 소리 때문에 자꾸만 환청이 들렸다. 경찰관이 자로 책상을 딱딱 내리칠 때 들리던 소리…….

　태극이는 결국 아이들과 함께 경찰서까지 끌려갔다. 얼결에 미소도 따라갔다. 아니, 솔직히 말하면 종업원 청년이, "쟤도 한패일지 모르니 데려가세요!"라고 했기 때문이다. 물론 다른 아이들이 '무죄'를 증명해 주긴 했지만. 아무튼 태극이가 진술서를 쓰는 내내, 머리를 짧게 깎은 네모난 얼굴의 경찰관은 쇠자로 책상을 탁탁 두드렸다. "야! 너 정말 똑바로 말 안 할 거야? 아빠 엄마 연락처 대란 말이야! 어서!" 그러면서 탁탁! "그러니까 네가 아이들을 강제로 데려와서 바람을 잡게 한 다음 카메라를 훔쳤다, 이거지?" 하면서 또 탁탁! "이번이 처음이야? 다른 물건 훔친 적은 없고?"라고 다그치면서 여러 번 타타탁! "너 일진이라며? 너 같은 애들이 나중에는 결국 어떤 사람이 되는 줄 알아?" 그러고는 방금 전보다 세게 탁탁탁! 세민이와 다른 아이들의 엄마들이 경찰서에 나타날 때까지 짧은 머리의 경찰관은 수도 없이 책상을 두드렸다. 생각 같아서는 자를 뺏어 버리고 싶었지만, 억지로 참았다. 막 그런 생각을 하고 있는데 짝퉁샘이 달려 들어왔다. 그러고 나서 한다는 말이, "제가 모든 책임을 지겠습니다!"였다. 미소는 어이가 없어서 입을 다물지 못했다.

그즈음부터 경찰서는 시끄러워졌다. 세민이와 다른 아이들의 엄마들은 소란을 떨었다.

"우리 아이가 도둑질이라니요. 말도 안 돼요."

"그럼, 그렇죠. 저 애가 시킨 게 맞을 거예요. 우리 애는 절대 그럴 아이가 아니에요."

"아니, 선생님. 이 아이는 선생님이 돌봐 주신다는 그 베트남 애잖아요. 어떻게 된 거예요?"

"저런 놈은 콩밥 먹여야 해요."

도무지 말 같지도 않은 말까지 뒤섞여서, 경찰서 안은 온통 난장판이었다. 나중에는 교감 선생님까지 들이닥쳤다.

"제가 학교 차원에서 조치를 취하겠습니다. 한 번만 선처해 주십시오. 결손 가정의 아이라 문제가 좀 있어서 그렇습니다."

이어 담임 선생님은, "너희 모두 괜찮은 거니?" 하면서 발을 동동 굴렀다. 그리고 맙소사! 아빠까지!

"너 또 무슨 짓을 한 거야?"

머리가 아파서 구역질이 나려 했다.

그런데 그때부터 태극이는 순순히 자백이란 걸 했다. 아이들도 자기가 데려온 것뿐이니, 풀어 달라고 말했다. 그러더니 소리를 빽 질렀다.

"전부 내가 혼자 한 거라고요!"

미소는 머리를 저었다. 생각들을 털어 냈다. 일주일 가까이 지난 일이 생생하게 되살아나더니, 지워지지 않았다. 괜히 답치기로 끼어든 건 아닐까, 하는 생각이 문득 들기도 했다.

'그나저나 도대체 어디에서 지내는 걸까?'

아침에 태극이네 갔을 때, 집은 텅 비어 있었다. 혹시나 해서 짝퉁샘 집에도 가 보았지만, 거기에도 다녀간 흔적은 없었다. 짝퉁샘도 보이지 않았다.

휴! 미소는 긴 숨을 내쉬었다. 그러다 문득 이런 생각이 들었다.

'내가 지금 뭘 하는 거지? 내가 왜 그런 놈 걱정을 해야 해?'

미소는 다시 칼을 들었다. 그리고 통단무지를 꺼내 반으로 죽 갈랐다. 바로 그때, 분식점 문이 열렸다. 담임 선생님이었다. 얼결에 벌떡 일어났다.

"서, 선생님?"

"미소야, 아빠 계시지?"

"아! 선생님, 어서 오세요. 기다리고 있었습니다!"

아빠가 주방에서 나왔다. 표정이 밝았다. 하지만 미소는 자신도 모르게 입을 삐죽 내밀었다.

'왜 아빠는 저 여자 사람만 보면 싱글벙글대는 거야?'

미소는 공연히 소리 나게 의자를 정리하고, 더 큰 소리가 나게 단무지를 썰었다. 얼마 시간이 지나지 않아 아빠는 아까부터 주방에서 달그락거리던 것을 내왔다.

"이게 뭐라고 하셨죠? 콩나물냉채……."

"아! 콩나물냉채비빔라면요. 어떠신가요? 맛이 깔끔하지요?"

"네, 채소는 아삭하고 라면은 꼬들꼬들한 게 제맛이 살아 있어요. 고급 레스토랑에서나 먹을 수 있는 음식 같아요."

 "역시 선생님께서는 안목이 있으시다니까요. 요리도 잘하실 것 같아요."

 "제가요? 아이, 저는 그다지 요리는 할 줄 몰라요. 그런데 이건 요리법을 좀 알고 싶네요."

 "물론이죠. 다른 사람한테는 몰라도 선생님께는 얼마든지 가르쳐 드리지요."

 그쯤에서 미소는 단무지를 썰던 칼을 탁, 소리가 나게 놓고 자리에서 일어났다. 이건 무슨 연애를 하는 것도 아니고 도무지 닭살이 돋아서 듣고 있을 수가 없었다. 더구나 그 요리 한다고 콩나물을 데치느라 오른쪽 집게손가락 끝을 덴 게 누군데. 그리고 뭐? 고급 레스토랑에서나 먹을 수 있는 음식 같다고? 뻥치시네!

 "왜? 어디 가게?"

 아빠가 물었다.

 "화장실요. 가면 안 돼요?"

 "안 될 건 없지. 다녀와서 라면땅 한번 만들어 볼래? 선생님께서도 아주 좋아하실 것 같은데……."

 "아니에요. 라면땅은 무슨!"

 "괜찮습니다. 요리법도 간편하고, 디저트로 아주 좋아요!

미소야, 부탁할게!"

쳇! 누구 맘대로. 미소는 대답하지 않고 방으로 들어갔다. 그리고 방 안을 서성댔다. 화장실에 갈까, 하다가 그만두었다. 어차피 오줌이 마려워서 들어온 게 아니니까. 미소는 방에 털썩 주저앉았다.

'아무리 아빠가 오라고 했어도 꼭 와야 했어? 정말 남자 친구도 없는 모양이네.'

미소는 반 뼘쯤 열린 방문으로 바깥을 내다보며 중얼거렸다. 담임 선생님은 아직도 싱글벙글 웃으며 콩나물냉채비빔라면을 먹고 있었다.

'아! 저 푼수!'

아예 아빠의 말을 전하지 말았어야 했나, 하고 미소는 생각했다.

목요일 아침, 아빠는 보자기에 싼 뭔가를 내밀며 말했다.

"이거 담임 선생님께 좀 갖다 드려! 빈 도시락 통은 오후에 네가 가지고 오고."

도시락이 5단으로 된 게, 그 모양이 심상치 않았다.

"뭔데, 이게?"

"뭐긴, 도시락이지. 선생님 덕분에 네 누명도 벗고 사과도 받았으니, 감사해서 그렇지. 교무실에 다른 선생님들이랑 같이 드시라고 해. 아, 그리고 토요일에 시간 되면 잠깐 들르시라고 전하고. 꼭 따로 점심 대접하고 싶다고 말이야! 알았지?"

사뭇 진지한 표정이어서 미소는 얼떨결에 도시락을 받아 들었다. 받지 말았어야 했는데. 그게 왜 담임 선생님 덕분이냐고, 그건 태극이가 스스로 사실을 밝혔기 때문이 아니냐고, 그렇게 말했어야 했다. 하지만 이미 지나간 일이었다.

미소는 일어났다.

'그래, 아빠니까 라면땅까지는 해 준다!'

마음을 다잡고 방문을 열었다. 그때, 귓가에 아빠와 담임 선생님의 목소리가 흘러 들어왔다.

"그래도 퇴학 처리는 좀 너무했다는 생각이 듭니다. 태극이가 자기 잘못을 스스로 인정했는데 말이에요."

"네. 담임으로서 그것만큼은 어떻게든 막아 보려고 했는데, 힘에 부쳤어요. 자백한 건 정상 참작이 되었는데, 선생님들과 학부모님들이 이전에 투서 들어온 것까지 죄다 꺼내 들추는 바람에 어쩔 수가 없었어요."

가슴이 철렁 내려앉았다. 투서라면? 미소는 다림이와 밤을 새워 가며 만들었던 투서를 떠올렸다.

"그나저나 이번에 김석원 선생님께서 애 많이 쓰셨지요?"

"네. 김 선생님께서 보증하셔서 일단 경찰서에서 나온 거구요. 태극이가 다른 학교로 전학 갈 수 있게 된 것도 김 선생님께서 적극적으로 알아봐 주신 덕이에요. 카메라값도 대신 물어 주신 걸로 알고 있어요."

"네?"

"그런데 김 선생님이 그렇게 화내시는 모습은 처음 봤어요."

"무슨……?"

아빠가 귀를 쫑긋 세웠다. 미소도 아닌 척하면서 귀를 기울였다.

"태극이를 상담실로 데려가시더니, '너처럼 형편없는 놈은 처음 봤다'면서 종아리를 엄청 때리셨어요."

"정말이에요?"

아빠가 깜짝 놀란 듯 목소리를 높여 물었다. 미소 역시 놀랐고 한편으로 궁금했다. 태극이를 위해서 온갖 뒷일을 다 봐 주었으면서 혼을 냈다는 건 또 무슨 소리일까? 게다가 종아리까지 때렸다고?

"네. 그 옆에서 얼마나 민망했는지 몰라요."

아빠는 고개만 끄덕이고 대꾸하지 않았다.

미소는 좀 혼란스러웠다. 짝퉁쌤이 정말 그랬을까, 하는 생각 때문이었다.

"솔직히 담임으로서 저는 별로 한 일이 없네요."

"아유! 없긴요. 우리 미소 누명도 벗겨 주셨잖아요."

"아니요. 그건 태극이가 스스로 다 털어놓았으니까요."

그랬다. 태극이는 잘못한 일을 모두 '실토'하고, 심지어 '처벌도 감수하겠다'고 했다. 다림이 말로는 그랬다. 그리고 이틀 만에 퇴학 결정이 내려졌다. 그다음 날부터 태극이는 학교에 나오지 않았다. 아이들 사이에서는 태극이가 소년원에 간다는 둥, 복수를 하러 올지도 모른다는 둥, 별의별 소문이 떠돌았다.

'이제 정말 다 끝난 건가?'

머릿속에 문득 그런 질문이 떠돌았다. 미소는 고개를 끄덕였다. 그러자 머릿속의 또 다른 누군가가 말했다.

'그럼 이제 네가 원하는 대로 된 거네? 태극이는 퇴학당했으니까!'

이번에는 고개를 끄덕일 수가 없었다. 무언가 개운치 않은 게 있었다. 어렵게 수학 문제를 풀어 놓고, 정작 정답은 잘못 옮겨 적은 걸 깨달았을 때의 느낌이랄까? 무언가 석연치 않은 이유는 한 가지였다.

짝퉁샘.

'왜 짝퉁샘은 태극이가 훔치려다 부순 카메라값을 다 물어 주었을까? 왜 신원을 보증하면서까지 태극이를 경찰서에서 빼내 주었을까? 전학을 도운 것도 짝퉁샘이라고?'

모를 일이었다. 미소는 고개를 저었다.

방에서 나온 미소는 탁자에 앉았다. 그때, 전화벨이 울렸다. 미소는 휴대폰을 꺼냈다. 낯선 번호였다.

"여보세요."

"나야! 이쪽으로 좀 와 줄 수 있어?"

"누구……?"

"나야, 본오! 너희 도움이 필요해. 지금 태극이가 위험해."

갑자기 무슨 말인가 싶었다. 말을 못 알아들은 것이 아니라, 그 의미를 제대로 이해할 수가 없었다. 미소는 아빠와 담임 선생님의 눈치를 보고, 얼른 방으로 들어갔다.

"내 말 듣고 있니? 미소야!"

본오는 계속 대답을 재촉했다.

"무슨 일인데?"

방문을 꽉 닫은 다음, 미소가 다시 물었다.

"여기 삼각지역이야. 지금 태극이가 안산에 갔어. 아무래도 태극이 엄마한테 무슨 일이 생긴 것 같아."

"뭐라고? 지금 무슨 말을 하는 거야? 그런데 너, 어디라고?"

"삼각지역! 자세한 건 여기로 오면 말할게."

"잠시만! 내가 왜? 내가 왜 가야 하는데?"

미소는 끝말을 올리며 말했다. 어쩌면 이게 진심인지도 모른다는 생각이 들었다.

"미소야! 지금 태극이가……."

"태극이가 뭐?"

목소리에 필요 이상으로 힘이 들어갔다. 목이 탁 막혔다. 전화기 저편에서는 잠깐 동안 아무런 소리도 들리지 않았다. 미소는 입술을 움찔거렸지만, 더 이상 말하지 않았다. 무슨 말이 튀어나올지 자신도 알 수 없었으니까.

그때 본오가 말했다.

"아, 알았어. 미안해!"

그리고 전화는 끊겼다.

휴! 미소는 한숨을 내쉬었다. 휴대폰을 책상에 내려놓고 서성댔다. 머릿속에는 태극이의 모습이 어른거렸지만, 미소는 계속 머리를 가로저었다.

하지만 결국 미소는 휴대폰을 꺼내 통화 버튼을 눌렀다. 본오가 금방 전화를 받았다. 미소는 다짜고짜 소리를 질렀다.

"너, 어디라고? ……뭐? 아, 알았어. 기다려! 금방 갈게."

미소는 재빨리 옷을 갈아입고 밖으로 나왔다.

"미소야! 라면땅은?"

기다렸다는 듯 아빠가 말했다.

"이제부터 데이트는 두 분이 알아서 하세요!"

미소는 툭 던지듯 말하고 바깥으로 달려 나갔다. 곧바로 휴대폰을 꺼내 다림이에게 전화를 걸었다. 다림이는 착신음이 다섯 번쯤 울리자 전화를 받았다. 미소는 서둘러 말했다.

"일이 생겼어. 지금 당장 삼각지역으로 와. 빨리! 알았지? 세민이한테도 연락하고!"

＊
＊

도대체 우리가 왜 본오랑 같이 가야 하느냐며, 고개를 내 젓는 다림이와 세민이 때문에 전동차를 두 대나 보내야 했다. 태극이를 뒤쫓아 간다는 말로 겨우 설득한 뒤에야 세 번째 전동차를 탔고, 미소는 곧바로 본오에게 물었다. 왜 안산까지 가야 하느냐고. 그러자 본오가 대뜸 어림잡아도 3, 40만 원이나 되는 돈을 꺼내 보여 주었다.

"이거 무슨 돈이야?"

본오는 돈을 다시 주머니에 집어넣은 다음 말했다.

"태극이가 알바한 돈을 내게 맡긴 거야. 집에는 빚쟁이들이 자주 찾아와서 둘 수가 없다고 했어. 그런데 지금 안산에 있는 엄마한테 갖다 줘야 한다고 해서 가지고 가는 거야."

"안산? 엄마?"

미소는 눈을 동그랗게 뜨고 물었다.

"응. 태극이 엄마가 안산에 있는 식당에 취직하셨는데, 미리 돈을 좀 빌려 쓰셨나 봐. 그 돈을 갚기 전에는 태극이 엄마를 식당에서 한 발짝도 못 나가게 한대."

머릿속이 더 복잡해졌다. 무슨 말인지 알 것 같기는 한데, 명료하게 이해되지는 않았다. 그래서 다시 물었다.

"그럼, 이 돈이면 엄마를 데려올 수 있대?"

"그건 모르겠어. 하지만 그래도 안 되면, 싸워서라도 엄마를 데리고 온다고 했어. 더구나 태극이 엄마가 좀 아프셔."

어렴풋이나마 머릿속에 그림이 그려졌다. 태극이 엄마가 누군가로부터 돈을 빌렸다는 것, 그 돈을 갚으려고 식당 일을 해야 하는 것, 그런데 지금은 붙잡혀 있다? 더군다나 아프시다! 그래서 태극이가 엄마를 구하러 갔다, 는 거다. 아니, 싸우러 간댔나?

그때, 세민이가 불쑥 나섰다.

"도대체 뭘 어쩌자는 거야?"

"도와 달라고 했어. 태극이가 위험하……."

미소가 무슨 말을 꺼내기도 전에 본오가 대답했다. 하지만 채 말을 맺기도 전에, 세민이가 다시 쏘아붙였다.

"너, 도대체 이러는 이유가 뭐야? 네가 태극이 꼬붕이라는 건 알지만, 이건 좀 심하지 않아? 어차피 이제 태극이는 우리 학교 안 다니잖아?"

미소도 그게 궁금했다.

'본오는 왜 이렇게까지 태극이를 챙기는 걸까? 도대체 왜?'

하지만 야멸치게 몰아붙인 세민이의 말에 본오는 선뜻 대답하지 못했다. 얼굴이 붉어졌다. 한쪽 주먹을 쥐었는데, 손이 파르르 떨리는 게 보였다.

"할 말 없지? 솔직히 네가 이러는 이유를 모르겠어. 너도 왕따였잖아. 셔틀도 오래 했고. 그랬으면 이제 태극이한테 신경 꺼도 되지 않아?"

"그, 그래서 그랬어. 나도 왕따당하고 셔틀당하는 거 싫어서 말이야."

"무슨 말이야?"

미소가 나서서 물었다. 그러자 본오가 갑자기 울먹거리더니 목소리를 높였다.

"태극이가 나를 구해 줬다고!"

소리가 컸는지 주위 사람들이 힐끗거렸다.

미소는 무슨 말을 해야 할지 몰랐다. 다림이와 세민이, 둘을 번갈아 쳐다보았다. 모두 할 말을 잊은 표정이었다. 하는 수 없었다. 본오 스스로 입을 열 때까지 기다리는 수밖에.

본오는 몸을 돌렸다. 그리고 바깥을 내다보았다. 녀석의 어깨 너머로 논밭이 보였다. 그 건너에는 높다란 아파트 건물도 보였다. 어디쯤일까 싶어서 미소는 사방을 둘러보았다. 전동차 천장에 매달린 전광판에, '다음 내리실 역은 대야미역입니다'라는 글자가 스르르 지나가는 게 보였다. 미소는 전동차 문 위쪽에 붙은 노선도를 보았다. 안산역까지는 일곱 정거장이 남아 있었다.

그때, 본오가 다시 돌아서서 입을 열었다.

"너희도 알지? 나 지독한 왕따였다는 거. 이, 이런 말도 못했지. 전에는……."

그랬다. 항상 남의 눈치나 보던 녀석이었다. 미소도 몇 번, "왜 그렇게 당하고만 있어. 네가 개들보다 키도 크잖아!"라는 말을 했었다. 그래도 본오는 주먹만 부르르 떨었지, 아무것도 하지 못했다. 놈들이 돈을 달라면 돈을 주었고, 가방을 들라고 하면 두 개, 세 개를 들었다. 무언가 더 생각날 듯한데, 그 틈을 주지 않고 다림이가 물었다.

"그런데?"

"나, 난 우혁이가 화장실에 떨어뜨린 과자도 주워 먹었어. 현장 학습 갔을 때, 나 혼자만 버스에 못 타서 발칵 뒤집힌 적 있지? 그것도 우혁이네 패거리가 거짓말로 나를 따돌려서 그렇게 된 거야. 컵라면 셔틀은 수도 없이 했고, 개들이 내 목에 개 목줄을 걸었던 적도 있어. 개들은 정말 사람도 아니야!"

그때의 기억을 떠올리기 힘든지 본오는 길게 숨을 내쉬었다. 그리고 이마의 땀을 닦은 다음 다시 말을 이었다.

"선생님한테 혼나면 화난다고 나를 때렸고, 숙제도 다 내가 했어."

"그런데 태극이가 어떻게 구해 줬다는 거야?"

미소가 궁금함을 참지 못하고 물었다.

"그날도 찬주랑 명수가 아이들이 남긴 밥을 모아 내 식판에 털어 넣더라. 그걸 보고 태극이가 다가오더니 찬주 머리통을 식판에 쑤셔 박는 거야. 그러고는 '네가 처먹어! 한 번 더 아이들한테 이런 짓 하면, 매일 식판에서 머리 감을 줄 알아!' 하는 거야."

"그래서 그 뒤로는 걔들이 너를 안 괴롭혔어?"

다림이가 물었다.

"응. 태극이가 나한테 그랬어. '빈틈을 보이지 마! 눈도 똑바로 뜨고! 어깨 펴고! 주먹 꽉 쥐고! 필요하면 네가 먼저 선빵을 날려. 그럼 거의 이긴 거나 마찬가지야.' 그리고 태권도도 가르쳐 줬어. 함께 태권도장에도 갔고. 그 뒤로 아무도 나를 괴롭히지 않았어. 물론 태극이가 늘 옆에 있어서 그랬겠지만……. 나, 정말 힘들어서 죽을 생각도 했었어. 태극이가 날 살린 거야."

미소는 본오의 말이 한편으로는 이해가 되었고, 또 한편으로는 이해가 되지 않았다. 그런데 태권도장에 갔었다고? 그렇게 설득할 때는 들은 체도 하지 않더니? 할 말이 없었다. 미소는 아무 말도 하지 못하고 입맛을 다셨다.

그러는 사이, 전동차는 안산역으로 들어서고 있었다.

한동안 이런저런 생각을 갈무리하느라, 미소는 아무 말도 하지 않았다. 본오의 말은 얼추 이해가 되었지만, 태극이가 무엇을 하려는지는 감이 잡히지 않았다. 지하철 역사의 계단을 내려갈 때에는 걸음이 아주 무거웠다.

"그럼, 혹시 태극이를 피하라고 미소한테 문자 메시지를 보낸 게 너 맞아?"

안산역을 빠져나오면서 세민이가 물었다. 기습 질문이었다. 놀랐는지 본오가 걸음을 우뚝 멈추었다. 대답은 하지 않았다. 그래서 미소는 한 번 더 물었다.

"맞아?"

그제야 본오가 고개를 끄덕였다.

"왜?"

본오가 입술을 움찔거리는데, 세민이가 불쑥 끼어들었다.

"그러게. 그냥 놔두었으면, 우리가 태극이한테 당했을 텐데. 차라리 그게 낫지 않았을까? 네 입장에서는 말이야."

"나도 처음에는 그러려고 했어. 그렇지만 태극이가……."

"태극이가 뭐?"

미소가 나섰다. 그러자 본오는 다림이와 세민이를 한 번씩 쳐다본 다음, 여짓거리다가 입을 열었다.

"너한테 미안하다고 했어."

"나한테? 왜?"

미소는 놀라서 물었다.

"그건 자세히 모르겠지만, 몇 번 나한테 그렇게 말했어. 약속을 지키지 못해서 너한테 미안하다고. 그런데 어쩔 수 없다고. 사실대로 말해도 아마 넌 이해하지 못할 거라고 말이야. 그래서 그랬어. 태극이가 너한테 또 미안해할 일을 하지 않게 하려고."

"거짓말!"

"아니야! 거짓말 아니야."

미소의 말에 본오는 고개를 세차게 흔들었다.

"그럼 왜 나를 그런 곤경에 처하게 만들었는데? 윤희를 이용해서 날 도둑년으로 만들었어. 너도 알잖아."

미소는 애써 흥분을 가라앉히고 또박또박 물었다.

"그건 너를 위해서였다고 했어."

"무슨 말이야?"

"태극이 말로는, 네가 자기를 미행하고 뒤를 캐는 게, 다 자기를 위해서 그러는 거라고 하더라."

"……."

"그런데 네가 자꾸 자기한테만 신경 쓰고 그러면, 공부도 못 하고 태권도도 못 할 거라고, 자기 같은 친구는 차라리 깨끗이 정리하게 해 줘야겠다고 말이야."

"미친놈!"

"진짜야!"

"됐어! 알았으니까, 그만해."

미소는 본오의 말에 손을 내저었다. 그리고 앞서 걸었다.

"미소야!"

"됐다니까! 내가 여기 온 건……."

"그게 아니고, 그쪽이 아니라 이쪽이야!"

본오는 미소가 걸어가는 반대 방향을 가리켰다. 미소는 얼굴이 후끈 달아올랐다.

"새꺄! 진작 말을 해야 할 거 아니야!"

미소는 버럭 소리를 질렀다.

본오는 2백 미터쯤 걷다가 횡단보도를 건넜다. 그리고 또 한참을 걸어갔다. 거리는 점점 복잡해졌고, 피부색이 짙은 외국인들이 눈에 많이 띄었다.

그때 미소는 불현듯 떠오른 생각을 본오에게 물었다.

"그런데 태극이를 피하라고 알려 줄 거면서, 애초에 왜 태극이가 짝퉁샘 집에 있다는 메시지를 보낸 거야?"

"뭐?"

"앞뒤가 안 맞잖아? 내 말이 틀려? 아님, 아니라고 말해 봐!"

미소는 우격다짐하듯 본오를 몰아세웠다. 본오의 얼굴이 붉어졌다.

"그, 그건 조미영일걸."

"조미영?"

뜻밖의 대답에 미소는 본오를 똑바로 쳐다보고 되물었다.

"미영이는 태극이를 싫어하거든."

"그건 무슨 소리야? 걔는 태극이 고객이잖아. 그런데 왜 싫어해?"

말을 하고 나니 좀 이상했다. 하지만 본오는 그에 대해 별 반응이 없었다.

"미영이 아빠 때문이야."

"……?"

"미영이 아빠가 H-마트 상가연합회 회장인가, 그거 하시잖아."

미소는 태극이가 유독 H-마트와 관련 있는 아이들을 괴롭힌다는 세민이의 말이 떠올랐다. 하지만 모른 척하며 물었다.

"그래서?"

"H-마트 입주 반대 시위할 때, 미영이 아빠는 찬성 편에 섰었어. 몰라?"

"알아. 미영이네는 돈이 많으니까 H-마트 상가에 입주할 수 있었고, 그러니 구태여 반대할 이유가 없었다고, 아빠가 하는 말을 들었어."

"문제는 그 뒤야. 미영이 아빠가 H-마트 쪽과 재래시장 상인들 사이를 중재했잖아. 그때, 미영이 아빠가 오히려 H-마트가 조기 입점할 수 있도록 도왔다는 거야."

"어떻게?"

"태극이 말로는, 미영이 아빠가 골목 상인들한테 재래시장에 있는 점포들과 비슷한 점포는 입점시키지 않도록 노력할 테니까, 시위를 그만하라고 설득하고 다녔다던데?"

"뭐? 그게 말이 돼? 시장에 있는 건 마트에 다 있어!"

"아무튼 그래서 시위도 흐지부지되고, ……아! 어떤 사람한테는 값싸게 H-마트 상가에 입주시켜 주겠다고 꼬시기도 했대."

문득 미소는 생각나는 게 있어서 물었다.

"그런데 미영이는 우리가 이런 일을 하고 있다는 걸 어떻게 안 거지?"

"신영이한테 들었다던데? 그래서 항상 너희를 감시하고 그랬어."

"감시?"

"아니, 그 정도까진 아니지만."

역시 세민이의 추측이 맞았다, 는 생각이 들었다.

"또 누가 알아?"

"알 만한 애들은 다 알아. 너희가 이러고 다니는 거……."

할 말이 없었다. 하긴, 태극이가 알고 있는데 다른 아이들이 모르는 게 더 이상하다는 생각도 들었다.

그때, 다림이가 나섰다.

"그런데 넌 뭐냐?"

"……."

대꾸 없이 본오가 다림이를 뻔히 쳐다보았다.

"지금까지 말한 것들 말이야. 어떻게 너는 다 알고 있느냐고?"

"그, 그건……."

본오는 마치 허를 찔린 듯 얼굴을 붉히며 말을 더듬었다. 미소도 본오를 똑바로 쳐다보았다. 본오는 입안이 타는 듯 입술에 침을 묻히고는 입을 열었다.

"어떤 건 태극이한테 들었고, 어떤 건 따로 내가 조사했어."

"조사라니? 그런 걸 왜?"

"혹시 태극이한테 조금이라도 도움이 되지 않을까 해서."

"헐! 넌 태극이를 위해서라면 대신 죽기도 하겠다?"

뜻밖에도 세민이가 비꼬듯 말하고 나섰다. 그러자 본오의 얼굴이 더 붉어졌다.

잠시 동안 아무도 입을 열지 않았다. 미소는 본오를 조금은 이해할 수 있었다. 악랄한 우혁이의 손아귀에서 자신을 구해 준 태극이를 위해, 죽는시늉이라도 했을 거라는 생각이 들었다.

"저 앞에서 만나기로 했어."

문득 본오가 손을 뻗어 앞쪽을 가리켰다. 흰색 입간판 위에 검은 글씨가 크게 보였다. 미소는 혹시나 하고 두리번거렸지만 태극이의 모습은 보이지 않았다.

다문화음식거리

거무튀튀한 큰 돌에 글자가 쓰여 있었다.

"같이 갈 거야?"

미소의 말에 아무도 대답하지 않았다. 그러자 본오가 앞으로 나섰다.

"그럼 일단 너희는 여기에 있어. 내가 먼저 태극이를 만나볼게. 위험하면 부를게."

미소는 고개를 끄덕였다.

본오는 앞서 걸어갔다. 그리고 입간판 앞에서 서성거렸다.

얼마나 지났을까. 길 위쪽에서 모자를 쓴 껑충한 아이가 사람들 틈새로 보였다. 태극이었다.

"태극이다. 맞지!"

다림이가 손가락으로 입간판 쪽을 가리켰다. 미소는 고개를 끄덕였다. 그리고 유심히 살펴보았다. 본오가 돈을 건네주는 듯했다. 태극이는 얼른 그것을 주머니에 넣었다. 세민이는 긴장했는지 침을 꿀꺽 삼켰다. 그 소리가 옆에서도 크게 들렸다.

잠시 뒤, 태극이와 본오가 티격태격했다. 모르긴 해도 태극

이는 본오를 밀치는 것 같고, 본오는 태극이를 따라가려는 듯
했다. 그러다 마침내 태극이가 포기한 듯 둘은 함께 위쪽 길
로 올라가기 시작했다. 열댓 걸음 걷더니 본오가 돌아보았다.

"미소야! 이거 우리가 꼭 해야 돼? 이제 우리는 돌아가도
되지 않아? 태극이가 뭘 어쨌는지 확인했잖아. 그리고 어차
피 태극이는 퇴학당했고."

세민이는 잔뜩 긴장한 모습이었다.

"그럼 네 맘대로 해. 여기에 있든지."

미소는 던지듯 말했다. 그리고 앞서 걸었다. 자칫하다가는
태극이를 놓칠 것 같은 생각이 들었다. 미소는 자신이 왜 이
토록 조바심을 내는지도 모르면서 서둘러 걸었다.

태극이와 본오는 50여 미터를 더 간 다음 골목 안으로 들
어갔다. 다림이가 바로 옆에서 쫓아왔고, 세민이가 뒤처져 따
라왔다. 자꾸만 휴대폰을 만지작거리면서.

골목은 자동차 한두 대가 겨우 지나갈 만큼 좁았다. 양쪽
엔 식당과 술집 들이 늘어서 있었다. 그 골목으로 30여 미터
를 더 걸어간 다음, 태극이는 북경반점이라는 붉은 간판이 있
는 곳에서 한 번 더 왼쪽으로 꺾어 들어갔다. 미소는 한달음
에 북경반점 앞까지 뛰었다. 그리고 고개를 내밀어 태극이가
들어선 골목 안을 쳐다보았다. 북경반점에서 네 번째 식당 앞
에 태극이와 본오가 서 있었다.

굿모닝 사이공. 흰 바탕에 붉은 글씨로 쓰인 입간판이 보였다.

"저긴가? 저기에 태극이 엄마가 계신 거야?"

"그런가 봐."

"그런데 이제 어떻게 해야 하는 거야?"

"나, 나도 몰라. 조금 더 지켜보고 나서!"

다림이와 세민이가 주고받는 말에 미소는 대꾸하지 않았다. 자신도 어찌해야 할지 알 수 없어서였다. 세민이의 말처럼 일단 지켜보는 수밖에 없었다.

잠시 뒤, 태극이만 식당 안으로 들어갔다. 미소는 앞으로 조금 나섰다. 그걸 보고 본오가 재빨리 달려왔다.

"태극이가 혼자 들어간댔어. 일단 돈을 주기로 했어. 내가 그러라고 했거든."

"도대체 무슨 말이야?"

미소는 자세한 사정을 알 수가 없어서 답답했다. 일단은 기다리는 것밖에 도리가 없어 보였다.

그런데 그때 세민이가 미적거리는 듯하더니 입을 열었다.

"저기, 사실은 내가 짝퉁쌤한테 전화했어. 아무리 생각해도 무슨 일이 생길지도 모르니까……."

"뭐라고? 짝퉁쌤이랑 통화했다고?"

미소가 버럭 소리를 질렀다.

"아, 아니. 전화를 안 받으셔서 문자 메시지만 남겼어."

"야! 어떻게 한마디 말도 없이 그럴 수 있어?"

"미소야, 진정해."

다림이가 미소의 팔을 붙잡고 흔들었다.

그때, 고함 소리가 들렸다. 태극이가 누군가에게 떠밀려 조금 전 들어간 식당 앞 길가로 내동댕이쳐졌다. 그러나 태극이는 곧바로 튕기듯 일어나 다시 식당 안으로 돌진했다. 소용없었다. 한 아저씨가 문 앞에서 태극이를 막아서고 있었다. 태극이는 발버둥 치며 식당 안으로 들어가려 했지만 역부족인 듯 보였다.

"놓으라고요! 이거 놔요! 우리 엄마가, 우리 엄마가 아프다잖아요!"

"어린놈의 새끼가 어디서 행패야! 어서 저리 꺼지지 못해?"

"못 가요! 엄마랑 갈 거예요!"

"그럼, 돈을 가져오던가!"

"아까 드렸잖아요!"

"이놈아, 너희 엄마가 빌린 돈이 얼만지나 알아? 그걸로는 어림도 없어."

그러면서 아저씨는 팔을 걷어 보였다. 양쪽 팔에, 멀리서 보기에도 선명한 문신이 새겨져 있었다. 아저씨는 팔을 휘두르며 또 소리쳤다.

"어서 썩 꺼져! 혼쭐나기 전에, 어서!"

문신 아저씨는 그렇게 내뱉고 식당 안으로 들어가 버렸다.

태극이는 두 주먹을 불끈 쥔 채 부르르 떨었다. 미소는 태극이가 곧 다시 안으로 달려 들어갈 거라고 생각했다. 겨루기를 할 때, 한두 차례 맞아도 절대 물러서지 않았던 것처럼. 그래서 미소는 태극이 쪽으로 달려갔다. 그런 채로 달려들어 봤자 어른을 상대로 싸워 이길 수 없다는 것을 알고 있었기 때문이다.

태극이는 식당 문을 향해 달려 들어가려다 누군가 다가오는 모습에 고개를 돌리고 걸음을 멈추었다. 그러고는 아무 말도 하지 않고 미소를 쳐다보았다. 미소는 눈물에 젖어 반짝이는 태극이의 눈을 쳐다보며 한 발 더 다가갔다.

〔 시가지 전투 〕

"난 못 해! 자신 없어. 우리가 할 수 있는 일이 아니야!"

"맞아! 우리가 뭘 어떻게 한다는 거야? 짝퉁샘한테 메시지 남겼으니까, 기다려 봐야지."

생각한 대로 세민이와 다림이는 고개를 설레설레 저었다. 당연한 일인지도 몰랐다. 태극이가 어떤 피치 못할 사정에 처해 있든 둘은 태극이에게 당한 피해자 아닌가. 미소는 "어떻게든 태극이를 도와줘야 하지 않겠어?"라고 말했지만 미소는 민망하기만 했다. 더는 할 말이 없었다.

미소는 빵집 입구 옆 계단에 앉아 있는 태극이를 쳐다보았다. 여전히 고개를 떨어뜨린 채였다. 잘못 본 걸까? 어깨를 떨고 있는 것처럼 보였다. 태극이가 저러고 있는 모습, 낯설어도 너무나 낯설었다. 그 때문일까. 오래 쳐다볼 수가 없어서 미소는 고개를 돌렸다.

그때, 다림이가 목소리를 높여 물었다.

"근데 장미소, 넌 뭐냐?"

"으응?"

"너 뭐 하는 거냐고? 씨발클럽이 태극이 돕는 모임이야? 왜 태극이를 돕자는 거야?"

"아니, 나는……."

미소는 결국 말을 잇지 못했다. 씨발클럽이라는데도 따지지 못했다.

"이거였지, 원래 목적이? 태극이 뒤를 캐서 벌 받게 하자더니. 그게 아니었지?"

이번에는 세민이가 눈을 부릅뜨고 물었다.

"무슨 말이야?"

"너, 태극이 좋아하지? 오랫동안 태권도장도 같이 다녔고, 아빠들끼리도 친하다며? 어쩐지 찜찜하다 했어."

"야, 박세민!"

"아니야? 아니면, 지금 뭘 하자는 건데? 쟤가 나한테 어떻게 했는지 알잖아?"

"알아. 알지만……."

얼굴이 붉어졌다가, 그대로 굳어 버리는 느낌이었다. 미소는 더 이상 대꾸하지 못했다. 다림이까지 덩달아 나섰다.

"미소야, 네가 그랬잖아. 저런 애들은 가만 놔두면 안 된다고! 그런데 돕는다는 게 말이 돼?"

"그리고 대체 뭘 도와줘? 우리가 할 수 있는 게 없잖아."

세민이가 목소리를 다시 높였다. 태극이 쪽을 힐끗 쳐다보는 것으로 보아, 일부러 들으라고 하는 소리 같았다. 다림이도 뒤지지 않았다.

"차라리 크게 혼나 봐야 재도 정신 차리지. 안 그래?"

미소는 유치하다는 생각이 들었다. 하지만 딱히 대답할 말이 없었다. 왜냐하면 태극이를 도와주자고 말한 자신도 이해가 되지 않았으니까.

불과 한 시간 전, 식당에서 쫓겨 나온 태극이는 미소를 발견하고 처음에는 꽤 놀라는 표정이었다. 그러나 자존심 때문인 듯 미소를 비켜 가더니 골목 끝까지 걸어갔다. 어이가 없었다. 그래서 미소는 쫓아가며 소리쳤다.

"야! 지금 쌩까는 거야?"

태극이가 돌아보더니 다가왔다. 태극이는 흔들리는 눈빛으로 미소에게 말했다.

"도와줘!"

목소리도 떨렸다. 그런 모습이 설면해서 당황스러웠고, 태극이가 한없이 나약해 보였다. 한 번도 그런 모습을 본 적이 없었다. 미소는 그 말을 듣는 순간 무어라고 다그치려던 생각을 내려놓고 말았다. "뭐……?"하고 되물었을 뿐이다.

"미소야! 우리 엄마, 어떻게 하지?"

금방이라도 눈물을 뚝뚝 흘릴 태세였다.

"너, 왜 이래?"

미소는 뒤로 한 걸음 물러났다. 그러면서 한마디 했다.

"그럼, 선생님을 불러! 짝퉁샘이 또 도와주실 거 아니야."

"아니야. 안 돼! 선생님이 알면 안 돼!"

태극이는 고개를 가로저었다. 그 과장되어 보이는 행동이 미소는 뜨악했다. 잠시 할 말을 잃고 태극이를 멍하니 쳐다보았다. 그때, 태극이가 다시 힘주어 말했다.

"짝퉁샘이 알면, 날 가만두지 않을 거야."

미소는 이해할 수 없었다. 태극이는 입술을 씹으며 안절부절못했다.

둘은 한참 동안 말이 없었다.

"도대체 왜……."

오랜 침묵을 깨고 미소가 입을 떼었다.

"엄마가 많이 아파! 엄마가 저 식당에 진 빚이 있는데, 주인아저씨가 엄마를 놓아주지 않아. 저러다 엄마가 내가 모르는 곳으로 도망칠지 모른다고!"

미소는 짝퉁샘에 대해 물은 거였는데, 태극이는 기다렸다는 듯 다른 말을 쏟아 냈다.

미소는 온전히는 아니어도 얼핏 태극이가 맞닥뜨린 일이 무언지 알 것 같았다. 하지만 입에서는 고운 말이 나오지 않았다.

"그러니까 더더욱 선생님께 알려야지."

"그건 안 된다니까!"

태극이의 목소리가 계속 머릿속에서 윙윙거렸다.

미소는 잠시 숨을 가다듬고 세민이와 다림이에게 물었다.

"그래서 어떻게 할 건데? 정말 그냥 돌아갈 거야?"

"당연한 거 아니야?"

세민이가 대답했다. 새삼 녀석의 야무진 말에 놀랐다. 녀석은 다림이의 팔을 붙잡아 끌었다. 그런다고 또 다림이 녀석은 가만히 끌려갔다.

"야! 박세민!"

미소는 소리를 질렀다. 그러자 세민이가 눈을 부릅뜨고 말했다.

"아까도 말했지만, 너 처음부터 이러려고 우리를 끌어들인 거지?"

"무슨 말을 하는 거야?"

"솔직히 짝퉁샘이 태극이만 싸고도는 건 나도 의심스러웠어. 그런데 왕따도, 태극이의 셔틀도 아닌 네가 왜 그렇게 적극적으로 나서는지 그 이유를 정확히 모르겠더라. 근데 이제 보니 알겠네."

"뭐? 무슨 말을 하고 싶은 거야?"

"처음부터 넌 태극이 뒤를 캐려는 게 아니라, 걔를 도와주고 싶었던 거야."

"무슨 말인지 알아듣게 이야기해!"

"아직도 모르겠어? 네가 태극이한테 뭔가 특별한 감정이 있는 거라고!"

세민이는 목소리를 높여 말하고는 몸을 홱 돌렸다.

미소는 가슴이 덜컥 내려앉았다. 온몸에 열이 확 오르는 기분이었다.

'내가 태극이를? 아니야. 아닐 거야.'

미소는 고개를 저어 댔다. 하지만 정말 아닌지 확신할 수는 없었다. 어쨌든 그건 나중 문제였다.

"정말 갈 거야?"

미소는 가슴을 쓸어내리고 다시 물었다. 그러자 다림이가 힐끗 돌아보았다. 세민이는 돌아보지도 않았다. 둘은 빠르게 지하철역 쪽으로 걸어갔다. 금세 사람들 사이에 묻혀 보이지 않았다.

순간, 기다렸다는 듯이 방금 전 세민이가 한 말들이 다시 머릿속에 쏙쏙 들어와 박혔다.

'특별한 감정? 아니야, 나는 다만⋯⋯.'

미소는 스스로에게 변명하려고 애썼다. 그러나 마땅한 변명이 떠오르지 않았다.

'아, 미친!'

미소는 머리를 쥐어뜯었다. 정말 지금까지 퉁어리적은 짓을 한 건가?

그때, 본오가 다가왔다.

"넌 어떻게 할 거야?"

아까 미소가 그랬던 것처럼 본오가 물었다. 다림이와 세민이는 이미 사라지고 없었다. 솔직히 미소도 세민이와 다림이를 따라가고 싶은 마음이 없지 않았다.

미소는 아무런 대답도 하지 못했다. 멍하니 그 자리에 앉아서 하늘을 쳐다보았다. 하늘은 유독 파랗고, 오늘따라 깊은 바다처럼 보였다. 그 바다 위에 별별 생각들이 다 그려졌다. 태극이를 처음 만난 날부터, 함께 태권도장에 다니던 일, 태극이가 왕따를 당하고 일진이 되어 떠돌던 모습, 그리고 그 위에 겹치는 짝퉁샘의 얼굴.

미소는 벌떡 일어났다. 그리고 주먹을 꼭 쥔 채 태극이 옆으로 걸어갔다.

"너, 아까 왜 짝퉁샘을 부르면 안 된다고 한 거야?"

태극이는 말이 없었다. 땅바닥을 내려다보면서, 가끔 마른

침만 뱉어 댔다. 그래서 미소는 또 말했다.

"너도 알잖아. 이건 우리 힘으로 못 하는 일이야. 그리고 짝 통샘만큼 네 편에서 널 돌봐 준 선생님이 어디 있어?"

"날 가장 많이 혼낸 선생님이기도 해."

태극이가 문득 고개를 들고 말했다.

"뭐?"

그게 말이 되느냐고 다그칠 뻔했다. 미소는 대신 눈을 깜빡이며 태극이를 쳐다보았다. 미소와 눈이 마주친 태극이는 그 눈빛이 부담스러웠는지, 슬쩍 고개를 돌렸다. 그러고는 잠시 뜸을 들인 뒤 대답했다.

"네가 무슨 생각하는지 알고 있어. 그렇지만 네가 알고 있는 게 전부는 아니야."

이번엔 미소가 입을 닫았다. 무슨 말이냐고 묻고 싶었지만, 시간을 주는 편이 나을 듯해서였다. 태극이는 마른침을 뱉어 내더니 곧 말을 이었다.

"짝통샘이 나보고 그랬어. '다른 아이들이 너한테 반쪽이라고 부르는 것도 안다. 물론 그 아이들이 잘못하는 거야. 그렇다고 네가 이런 식으로 행동하는 건, 결국 너 자신을 포기하는 일이야.'라고. 그렇지만 난 그 말을 이해하지 못했어. 내게 필요한 건 단지 돈이었어. 아빠한테는 매일 빚쟁이가 찾아오고, 엄마는 식당에 붙잡혀 있고. 너 같으면 어떻게 하겠어?"

"……"

"그래. 내가 얼마나 나쁜 짓을 했는지 알아. 그때마다 선생님이 많이 봐준 것도 알고. 하지만 선생님은 내가 나쁜 짓을 저지를 때마다 그냥 넘어간 적이 한 번도 없었어. 반성문도 쓰게 하고, 내가 괴롭힌 애들한테 사과하라고 잔소리하고, 나한테 돈 뺏긴 애들한테 갚으라고 돈도 쥐여 주면서 귀찮게 했어. 어떤 날은 호되게 야단도 치고. 다른 선생님들처럼 그냥 몇 대 때리고 말았으면, 나도 이렇게 맘에 걸리진 않는다고!"

그 말이 사실일까? 미소는 고개를 갸웃거렸다. 그때, 담임 선생님이 둘리분식에 와서 아빠에게 했던 말이 생각났다. "태극이를 상담실로 데려가더니, '너처럼 형편없는 놈은 처음 봤다'면서 종아리를 엄청 때리셨어요." 그 말을 들었을 때 미소도 적잖이 놀랐었다.

하지만 아직 확신이 없었기에 미소는 이렇게 물었다.

"그럼, 짝퉁샘 집에는 왜 들락거렸어?"

"무서워서 그랬어. 아빠도 없는 날, 집에 또 빚쟁이가 찾아올까 봐. 그런 날…… 몇 번 갔었어."

"그러니까, 짝퉁샘도 네 사정을 알고 있다는 거네."

"응."

"하지만 아무리 그래도……."

"나도 처음엔 이해가 가지 않았어. 집 열쇠까지 주실 줄은 몰랐어. 그런데……."

"그런데 뭐?"

"실은, 짝퉁샘…… 베트남에 두고 온 아들이 있어."

"뭐?"

"월남전에 참전하셨다가…… 거기서 아들을 낳으셨대. 그런데 전쟁이 끝났는데도 데리고 오지 못하셨다나 봐."

"라이……따이한?"

미소는 얼결에 되묻듯 말했다. 짝퉁샘을 조사하다 베트남전쟁 참전 전우회 홈페이지에서 알게 된 그 단어는 발음할수록 더 낯선 느낌이었다.

"자세한 건 모르지만, 전쟁 때 그렇게 태어난 아이가 많았대. 한국군과 베트남 사람 사이에서 태어난 아이들 말이야. 그런데 전쟁이 끝난 뒤에, 그대로 버려두고 와서 본토 사람들한테 차별을 많이 당했다나 봐. 그래서 나를 보면, 두고 온 아들이 생각난다나 뭐라나. 언젠가 선생님이 술에 취해서 그렇게 말하는 걸 들었어."

가슴이 뛰었다. 미소의 머릿속에는 얼마 전 짝퉁샘의 집에서 보았던 사진들이 떠올랐다. 다림이가 짝퉁샘의 손자라고 잘못 짚었던, 그러면서 태극이와 닮았다고 말했던, 그 사진

속의 얼굴. 아! 또 있다. 8년 전에 일어난 사고. 짝퉁쌤이 왜 그토록 태극이를 끼고돌았는지, 가닥이 잡히는 듯했다.

"그래서 짝퉁쌤이 너, 옷도 사 준 거야?"

"그거 짝퉁쌤 몰래 환불했어."

"뭐라고? 왜?"

"말했잖아. 돈이 필요했다고."

"세상에! 그래서 아이들한테도 그런 식으로 삥을 뜯은 거야?"

"그럼, 내가 그저 장난으로 그러는 줄 알았어? 그리고 걔들이 싫었어. 걔네 엄마 아빠 때문에……."

태극이는 말끝을 흐렸다.

미소는 자신도 모르게 고개를 끄덕였다. 이번에는 '태극이한테 당하는 아이들 대부분이 H-마트와 관련이 있어.'라던 세민이의 말이 떠올라서였다.

"너를 놀려서 그런 게 아니고?"

"그것도 참기 힘들었지만, 걔네들 엄마 아빠만 아니었어도 우리 아빠 채소 가게가 문을 닫지는 않았을 거야."

"그분들이 일부러 그런 건 아니잖아?"

"아니, 맞아. 자기들만 생각한 거지."

"그래서 그 애들을……."

"그래. 그런데 왜 나만 나쁘고, 그 어른들은 나쁘지 않다는 거야?”

미소는 멍하니 듣고만 있었다.

“아무리 그래도…….”

“너도 이해 못 하는 거지? 그래서 내 뒤나 캐고 다니면서 어떻게든 벌 받게 하려고……. 됐어. 너도 가! 아까 걔네들처럼 너도 꺼지라고! 내 일은 내가 알아서 할 테니까.”

태극이는 벌떡 일어났다.

“태극아!”

미소는 덩달아 일어나 태극이의 팔을 붙잡았다. 그러나 녀석은 손을 뿌리치더니 다시 식당 쪽으로 향했다. 미소는 뒤쫓아 갔다.

“어쩌려고?”

“어쩌긴! 엄마 모시고 나와야지.”

“안 돼! 또 봉변당하려고?”

“그럼, 그냥 이렇게 있으란 말이야?”

“아니, 내 말은……. 잠시만! 잠시만 생각해 보자.”

미소는 겨우 태극이를 붙잡아 세웠다. 그러나 무엇을 어찌해야 좋을지 판단이 서질 않았다.

미소는 한참 만에 조심스럽게 말했다.

“짝퉁샘이 안 오면, 우리 아빠한테 연락해 볼게. 아빠가 너희 아빠에게 연락해 주실 거야.”

그때였다. 본오가 끼어들었다.

"태, 태극아! 저, 저기 좀 봐!"

어느새 쫓아온 본오가 식당을 가리켰다.

열린 문틈으로 손님이 없는 식당 안이 보였다. 문신 아저씨는 태극이 엄마에게 삿대질을 해 대고, 태극이 엄마는 연신 굽신거리고 있었다. 소리도 새어 나왔다.

"무슨 일을 이따위로 해!"

그러다 문신 아저씨가 태극이 엄마를 밀치기까지 했다. 태극이 엄마는 뒤로 넘어질 듯 비틀거리다가 의자 두 개를 넘어뜨렸다. 그러자 문신 아저씨가 또다시 소리를 지르며 태극이 엄마에게 달려들었다.

바로 그때, 태극이가 식당 안으로 뛰어 들어갔다. 미소도 따라 들어갔다.

"엄마!"

"태극아!"

태극이 엄마는 비틀거리며 일어나 소리쳤다. 얼굴이 창백했고, 어디가 많이 불편한지 잔뜩 인상을 쓰고 있었다. 미소가 반사적으로 태극이 엄마에게 뛰어가려는데, 문득 문신 아저씨가 버럭 소리를 질렀다.

"너 이 자식, 또 왔어? 얼른 가라고 했잖아!"

"도대체 우리 엄마한테 뭐 하시는 거예요!"

태극이와 태극이 엄마, 그리고 문신 아저씨의 목소리가 순식간에 뒤엉켰다. 이게 무슨 일인가 싶어서 미소는 당황스러웠다. 어찌해야 할지 몰라 주춤거리기만 했다.

"너, 어서 썩 나가지 못해? 그리고 아줌마, 이리 와!"

"엄마, 가지 마! ……제가 데리고 갈 거예요!"

문신 아저씨의 말에 태극이가 악을 썼다.

"저리 비키지 못해?"

"안 돼요! 못 비켜요! 엄마, 이리 와! 얼른!"

태극이는 소리쳤다. 그러나 문신 아저씨의 억센 손이 태극이의 팔목을 잡았다. 태극이는 꼼짝도 하지 못했다. 미소는 어찌해야 할지 모르고 발만 동동 굴렀다.

"태, 태극아! 안 돼! 다쳐! 엄마 괜찮으니까 저리 가."

"엄마, 안 돼! 본오야, 이 아저씨 좀 잡아! 어서!"

하지만 본오 역시 어쩌지 못했다. 녀석이 몸을 내밀자, 문신 아저씨는 선수를 쳐서 본오를 확 떠밀었다. 본오는 뒤로 넘어지며 엉덩방아를 찧었다. 이어 태극이까지 밀쳐 버렸다. 태극이도 한쪽 옆으로 넘어졌다.

"태, 태극아!"

태극이 엄마가 외쳤다. 그러나 더는 어쩌지 못했다.

더 이상 가만있으면 안 되겠다 싶었다. 미소도 달려들었다. 그러나 미소 역시 곧바로 멱살을 붙잡혔고, 문신 아저씨가 힘주어 미는 바람에 뒤로 내동댕이쳐지고 말았다.

그때, 태극이가 다시 달려들어 문신 아저씨의 가랑이를 붙잡았다.

"아, 정말! 이 자식들……."

그때였다. 식당 문이 벌컥 열리는 듯싶더니, '딱!' 하는 소리와 함께 가랑이에 붙은 태극이를 떼어 내리던 아저씨가 갑자기 머리를 감싸 쥐며 뒤로 물러났다.

"아야야야야!"

이번에는 뺨을 돌리며 물러났다. 허리를 숙인 채 몸을 구부렸다. 무척 아픈 듯했다. 미소는 때를 놓치지 않았다. 있는 힘껏 문신 아저씨의 두 다리 사이를 걷어찼다.

"꾸엑!"

미소가 발끝에 묵직한 것이 걸렸다고 생각한 순간 아저씨가 허리를 숙였다. 얼굴이 시뻘겠다. 아저씨는 사타구니를 감싸 쥔 채 몸을 펴지 못했다.

"미소야! 도망쳐! 얼른!"

돌아보니, 다림이었다. 그런데 녀석이 손에 든 건…… 맙소사! 비비탄총이었다. 미소는 입을 쩍 벌리고 말았다. 아까부터 메고 있던 백팩 속에 든 게 총이었다니! 녀석은 다가오면서 두 발 더 쏘았다. 문신 아저씨는 목과 어깨를 맞고 완전히 땅바닥에 주저앉았다.

"서둘러!"

어느새 식당 안으로 뛰어 들어온 세민이가 소리쳤다. 태극이와 본오가 얼른 태극이 엄마를 부축했다.

"야, 거기 안 서! 아줌마, 지금 무슨 짓을 하는 거야? 서지 못해!"

문신 아저씨가 겨우 고개를 들고 소리쳤다. 하지만 아이들은 들은 체도 하지 않았다. 미소는 태극이 뒤를 따라 달렸다. 그리고 바깥으로 뛰쳐나와 북경반점 반대쪽으로 달아났다. 태극이 엄마도 뛰었다.

"야! 너 어떻게 된 거야? 그건 또 뭐니?"

미소는 뒤를 힐끔거리며 뛰고 있는 다림이에게 물었다.

"이게 바로 스콜피언 Vz61이야. 내가 전에 한번 말한 적 있지? 우리 형한테 있다고 한 거!"

기관총처럼 생겼지만, 총신이 짧고 뭉툭했다. 어설퍼 보이는 듯해도 묵직한 느낌이 들었다. 다림이는 개머리판을 폈다가 다시 접었다. 그러고는 고개를 끄덕거렸다. 엄청 신난다는 표정으로!

다림이는 한마디 더 덧붙였다.

"이건 공기 압축이 아니라 가스로 발사하는 거라서 진짜 강력하다고!"

다림이는 무슨 애완견에게 하듯 손잡이와 총신, 그리고 탄창까지 한 번씩 어루만졌다. 그러면서 혼자 흡족한 표정을 지었다.

"그런데 왜 돌아온 거야?"

미소가 물었다.

"아, 그게……. 짝퉁샘한테 전화가 왔어. 너랑 태극이한테 전화했는데, 너는 안 받고 태극이 휴대폰은 꺼져 있다고 말이야."

"그래서 온 거야?"

"짝퉁샘이……."

다림이는 슬쩍 세민이의 눈치를 보았다. 그러자 세민이가 말했다.

"선생님이 도착할 때까지 너희를 도와줄 수 없겠느냐고 하셨어. 미안하다면서."

"뭐라고?"

"짝퉁샘이 그러더라. 목숨을 건 전투에서 전우의 목숨은 서로 챙겨 주는 거라고. 그게 진정한 전우래!"

"뭐?"

도대체 뭐라는 걸까? 이 장난감 덕후 녀석이, 자기가 지금 무슨 월남전에라도 참전했다고 착각하는 거야 뭐야? 미소는 웃을 수도 윽박지를 수도 없어서 잠깐 동안 멍하니 다림이의 얼굴만 쳐다보았다.

"아무튼 부탁하셨어. 세민이한테는 반장이 어떻고 하면서 말씀하셨고, 음…… 위험하니까 절대 나서지 말라는 말씀도 하셨어."

"너, 지금 뭐라는 거야?"

미소는 목소리를 높였다. 그런데 그때였다.

"이 새끼들, 거기 안 서? 아줌마, 미친 짓 하지 말라고 했지!"

뒤돌아보니, 어느새 문신 아저씨와 흰옷을 입은 주방장 아저씨가 달려오고 있었다.

"에이, 씨발! 몰라, 일단 튀어!"

다림이가 욕설을 내뱉으며 앞서 달렸다. 미소도 뒤따랐다.

그러나 걸음은 느리기만 했다. 태극이 엄마는 잘 뛰지 못했다. 기침을 하느라 자주 멈추어야 했다. 게다가 오르막길이었다. 골목길을 돌기도 전에 붙잡힐 것만 같았다. 태극이 엄마는 결국 걸음을 멈추었다.

"태극아, 엄마는 못……. 쿨럭쿨럭!"

"안 돼, 엄마!"

"태극아, 지금 도망가도 저 사람들 또 쫓아와. 어서 가."

태극이 엄마의 숨소리가 거칠었다. 숨을 가쁘게 몰아쉬고 있었다. 얼굴은 더 창백해진 듯했다.

"안 되겠어. 붙잡히겠어. 어떻게 해?"

세민이가 헉헉대면서 미소를 쳐다보았다. 정말 어쩌면 좋을까? 미소는 어쩌지 못하고 발을 동동 굴렀다. 그러다 몇 걸음 앞선 태극이와 본오에게 소리쳤다.

"먼저 가! 빨리!"

그리고 옆에 세워져 있던 손수레를 쓰러뜨려 길을 막았다.

다림이가 말했다.

"미소야, 그런다고 될 일이 아닌 것 같아. 우선 너도 태극이 엄마를 모시고 여기를 탈출해. 저 골목 사거리에서 오른쪽으로 가. 그쪽에 숨을 만한 곳이 있을 거야."

"넌? 뭘 하려고?"

"내가 엄호할게. 그리고 곧 뒤따라갈게."

다림이는 다시 비비탄총을 꺼내더니 백팩을 내팽개쳤다. 기가 막힐 노릇이었다. 이 녀석은 정말 전쟁놀이를 하려는 거였다.

"야! 최다림!"

"뭐 해! 여기는 내게 맡기고 어서 가라니까!"

미소의 말에는 아랑곳하지 않고 다림이는 비비탄총을 바로 세웠다. 그러고는 장전했다.

"철커덕!"

소리 하나는 그럴듯하다, 라고 미소는 생각했다.

이윽고 다림이가 한 발을 쏘았다 싶었는데……. 푸슉! 따

딱 딱! 공기 빠지는 소리와 함께 총소리라 하기엔 조금은 민망한, 플라스틱 부딪치는 소리가 들렸다. 그런데 달려오던 아저씨가 '어억!' 하면서 왼쪽 팔을 끌어안고 걸음을 멈추었다. 이어 다림이가 연속해서 총을 쏘자 다른 아저씨들도 머리를 감싸 쥔 채, 전봇대 뒤로 숨었다. 제법 위협적으로 보였다. 어쩌다가 바닥에 누워 있는 빈 맥주병이 총알에 맞아 깨지는 것을 보니 겁이 나기도 했다.

"너 이 자식! 총 저리 치우지 못해!"

문신 아저씨가 소리를 질렀다.

다림이가 다시 말했다.

"어서 가라니까."

"아, 아니야. 같이 가!"

미소가 힐끗 오르막길 쪽을 쳐다보니, 그사이 태극이와 본오가 태극이 엄마의 손을 잡고 저만치 걸어가고 있었다. 그 뒤를 세민이가 자꾸 뒤돌아보며 따라갔다. 그리고 잠시 뒤, 골목으로 들어갔다. 네 사람의 모습은 보이지 않았다.

"이제 됐다. 가자!"

미소가 말했다. 그제야 다림이는 일어났다. 미소는 손수레를 아래쪽으로 굴리고 재빨리 돌아섰다. 동시에 미소는 다림이에게 물었다.

"그런데 그거 장난감 총 맞냐? 진짜 센 것 같은데?"

"이 총? 내가 말했잖아. 가스 충전식이라서 파괴력이 엄청나다고. 저 아저씨들 팔이랑 다리에 멍 좀 들었을걸."

"형 거라면서 막 들고나와도 되는 거야?"

"당연히 안 되지. 혹시 몰라서 훔쳐 나온 거야. 걸리면 난 죽은 목숨이라고!"

그런데 그 말을 하고 나서 다림이가 갑자기 멈추어 섰다.

"왜?"

"왜긴!"

그러더니 골목 바깥쪽을 턱으로 가리켰다. 문신 아저씨가 주방장 아저씨와 함께 쫓아오고 있었다.

다림이는 그들을 향해 다시 총을 한 발씩 쏘았다. 아저씨들이 고개를 숙였다. 하지만 멈추지 않고 계속 뛰어왔다. 주방장 아저씨는 겁도 안 나는지 아예 고개를 뻣뻣하게 들고 달려왔다.

"어우, 씨! 안 되겠다."

다림이가 중얼거렸다. 그러고는 총 손잡이 위쪽의 무언가를 만지더니 다시 쏘았다. 주방장 아저씨가 스물대여섯 걸음 앞까지 왔을 때였다.

뜨르르르륵! 뜨르륵!

총알이 연발로 날아갔다. 그리고 어느 순간이었다.

"아아아악!"

주방장 아저씨가 얼굴을 붙잡고 옆으로 넘어지다 벽에 머리를 부딪치며 쓰러졌다.

"헉!"

다림이가 깜짝 놀랐다.

"저것 좀 봐!"

"피, 피다……!"

정말 피였다. 따끔한 총알을 피하려다 벽에 부딪히면서 다친 모양이었다. 문신 아저씨가 쓰러져 있는 주방장 아저씨를 일으켜 세우는데, 이마에 흐르는 피가 보였다.

"많이 다쳤나 봐. 어떡하지?"

다림이는 많이 당황한 듯 얼굴이 하얗게 질려 있었다. 이해는 되지만, 지금 이러고 있을 때가 아니었다.

"가자! 일단은 빠져나가야지!"

미소는 다림이를 끌어당겼다.

그때, 문신 아저씨의 고함이 들려왔다.

"이놈들! 붙잡히면 다리몽둥이를 분질러 놓을 테다!"

이어 문신 아저씨는 주방 아저씨를 내버려 두고 달려오기 시작했다.

미소는 뛰었다. 다림이도 따라 뛰었다. 그런데 다림이가 자꾸만 꼼지락거리느라 뒤처졌다.

"왜 그래?"

"탄창을 갈아야지."

그러더니 빈 탄창을 빼서 왼쪽 바지 주머니에 넣고, 오른쪽 주머니에서 새 탄창을 꺼냈다. 그런데 그때, 다림이가 탄창을 놓치고 말았다. 하필이면 탄창은 발아래에 떨어지더니 툭 튕겨 아저씨가 달려오는 쪽으로 날아갔다.

"어, 저거!"

"그냥 가!"

"안 돼! 형한테 혼난단 말이야."

다림이는 네댓 걸음 되돌아가서는 얼른 탄창을 주워 들었다. 그사이 무서운 속도로 문신 아저씨가 뒤쫓아 왔고, 거리는 바짝 좁혀졌다.

결국, 골목을 도는데 동시에 짧은 비명 소리가 들렸다.

"아아앗!"

"요놈의 새끼! 죽어 볼래?"

돌아보니 다림이가 뒷덜미를 잡힌 채였다.

"안 돼요!"

미소는 되돌아 달려갔다. 그리고 문신 아저씨의 한쪽 팔을 붙잡으며 소리쳤다.

"왜 이래요? 놔주세요!"

"오! 그래, 네 녀석도 이리 와!"

아저씨는 순식간에 미소의 어깨까지 휘어잡았다. 버둥거

렸지만, 미소는 아저씨의 억센 손을 뿌리칠 수가 없었다.

"놓으란 말이에요!"

이번에는 몸을 비틀며 등주먹앞치기를 시도했다. 하지만 손이 문신 아저씨의 얼굴에 미치지 못했다. 아저씨는 오히려 미소를 돌려세워 뒤에서 목을 감았다.

"놔요! 놔!"

미소는 버둥대며 소리쳤다. 그럴수록 아저씨의 팔이 목을 더 조여 왔다.

바로 그때였다. 골목을 돌아갔던 세민이가 다시 돌아 나왔다. 그 뒤에 본오의 얼굴도 보였다.

"세민아! 그냥 가!"

미소는 소리쳤다. 그러나 세민이는 겁먹은 표정이면서도 계속 달려왔다. 그러더니 외쳤다.

"고개 숙여!"

미소와 다림이가 고개를 숙이자마자 세민이는 립스틱처럼 생긴 것을 꺼내 아저씨의 얼굴에 들이밀었다. 치익, 소리와 함께 액체가 뿜어져 나왔다. 모기약 같은 냄새가 났다. 동시에 아저씨가 소리를 질렀다.

"아아아악! 이, 이게 뭐야! 눈, 내 눈!"

문신 아저씨가 미소와 다림이를 붙잡고 있던 손을 놓았다. 그러고는 얼굴을 붙잡고 비틀거렸다. 그 틈을 이용해 미소는 오른발옆차기를 날렸다. 왼쪽 가슴을 맞은 아저씨는 뒤로 벌러덩 넘어졌다.

"됐어! 어서 달아나!"

미소가 외쳤다. 그러지 않아도 다림이는 벌써 위쪽 골목을 향해 뛰고 있었다. 아, 저 다람쥐 같은 자식. 미소도 세민이와 함께 뒤따랐다.

골목을 돌자마자 미소가 물었다.

"세민아, 그거 뭐니?"

"호신용 스프레이. 다림이가 뭐 호신용으로 쓸 게 있음 갖고 오라고 해서, 누나 거 몰래 가지고 나왔어."

그 말에 미소는 다림이를 쳐다보았다. 녀석이 V 자를 그려 보였다. 웃음이 나왔다. 미소는 피식 웃었다. 그리고 물었다.

"태극이는?"

"저 골목을 돌아가면 있을 거야. 그런데 태극이 엄마가 많이 아프신 것 같아. 병원부터……."

그때, 주머니에 넣어 둔 휴대폰이 부르르 떨렸다. 미소는 뛰면서 전화를 받았다.

"미소야! 너 지금 어디 있는 거야? 태극이랑 같이 있니? 너희, 무사한 거야?"

아빠였다. 미소는 그 자리에 멈추었다.

*
*

"아줌마! 여기서 가장 큰 병원이 어디예요?"

더 이상 문신 아저씨가 따라오지 않는다는 것을 확인한 다음, 세민이가 지나가는 아줌마에게 물었다. 그러자 아줌마는 대답은 하지 않고, 양산 끝으로 도로 건너편을 가리켰다.

"왜? 아무 병원이나 가까운 데로 가는 게 낫지 않아? 태극이 엄마가 많이 힘들어하시는 것 같은데……."

다림이의 말마따나 태극이 엄마는 계속 기침을 했고, 자주 멈추어 섰다. 태극이와 양쪽에서 부축을 하고 있던 미소는 태극이 엄마의 몸에서 나는 열기를 그대로 느꼈다. 아주 뜨거웠고, 숨도 거칠었다. 손발도 심하게 떨고, 얼굴은 창백했다. 미소 생각에도 우선은 아무 병원이나 가는 게 낫겠다 싶었다. 하지만 미소가 입을 열기 전에, 앞서가던 세민이가 고개를 저었다.

"아니야! 태극이 엄마가 지금 어디가 얼마나 아픈지 모르니까, 종합 병원으로 가는 게 좋을 거 같아."

듣고 보니, 그것도 맞는 말 같았다.

미소는 횡단보도 앞에 섰다. 해가 서쪽으로 기울고 있었지만, 볕은 아직 뜨거웠다. 하필이면 해와 정면이었다. 피할 방법이 없었다. 그래서 그런지, 태극이 엄마는 자꾸만 앞으로 쓰러지려 했다. 옆에서 보기가 안쓰러웠다. 미소와 교대한 본오는 태극이와 함께 안간힘을 쓰며 태극이 엄마를 붙잡고 있었다. 힐끗 보니 둘의 이마에 땀이 송골송골 맺혀 있었다. 신호가 바뀌고 왕복 6차선 도로를 가로지른 횡단보도를 건너는데, 태극이 엄마는 아예 주저앉다시피 했다. 그 때문에 횡단보도를 다 건너기도 전에 신호가 바뀌었고, 성급한 자동차들이 빵빵거리며 앞뒤로 지나갔다. 다림이가 재빨리 손을 휘저으며 자동차들을 세우지 않았으면, 달리는 자동차들과 뒤섞일 뻔했다. 횡단보도를 건너고 나자 온몸에 땀이 비 오듯 했다.

미소는 온몸이 후들후들 떨렸다. 병원에 도착했을 때는 온몸이 노그라지는 기분이었다. 다림이와 세민이까지 번갈아가며 태극이 엄마를 부축했는데도 접수자 대기실 팻말 앞에 있는 의자에 앉았을 때는, 태극이만 빼고 다들 쓰러질 지경이었다.

태극이와 태극이 엄마가 접수를 하러 갔다.

미소는 오래달리기를 한 것처럼 숨이 가빴다. 심호흡을 하면서 두 사람을 기다렸다.

그런데 얼마나 시간이 지났을까. 접수대 쪽이 시끄러웠다.

"제발요! 제발 안 될까요?"

태극이의 목소리였다. 미소는 반사적으로 일어났다. 그리고 접수대 쪽으로 달려갔다.

"무슨 일이야?"

“건강 보험료가 8개월이나 밀렸다고 접수가 안 된대.”

“그, 그럼, 진료를 받을 수가 없다는 뜻이에요? 그런 거예요?”

미소는 접수대에 앉아 있는 언니에게 물었다.

“학생, 건강 보험 체납자는 우리 병원에 접수할 수 없어.”

“그런 게 어딨어요? 사람이 이렇게 아픈데……. 치료부터 하고, 돈은 나중에 내면 안 돼요?”

“그건 내 맘대로 하는 일이 아니야.”

“아 참! 돈 먼저 내면 되죠? 낼 수 있어요. 태극아, 너 아까 본오가 준 돈 있잖아.”

“없어. 식당 주인아저씨한테 다 뺏겼어.”

대답은 본오가 대신했다. 기운이 쭉 빠졌다.

“학생들, 여기 서 있지 말고 저리 좀 물러서요. 다른 분들 접수에 방해되…….”

“제발요! 제발 우리 엄마 좀 살려 주세요. 네?”

접수대 언니의 말을 가로채고 태극이가 말했다. 당장이라도 울음을 터뜨릴 것 같았다. 그런 얼굴은 처음이었다. 옛날에도 못 보았고, 최근에는 더더욱 본 적이 없었다. 태권도장을 뛰쳐나가기 전에는 항상 명랑하고 자신감에 넘치는 얼굴이었고, 일진이 된 뒤에는 차라리 비열해 보였으면 보였지 저토록 안타깝고 간절한 표정을 지은 적은 없었다. 미소는 당황스러웠다.

그럼에도 불구하고 접수대 언니는 냉정했다.

"미안해요, 학생. 뒤에 계신 분, 이쪽으로 접수해 주세요."

그때였다. 태극이가 소리를 질렀다.

"우리 엄마가 아프다니까요! 내 말 못 들었어요?"

"학생!"

접수대 언니도 벌떡 일어났다. 옆 칸의 접수대 언니, 또 그 옆 칸의 언니도 이쪽을 쳐다보았다. 뒤를 돌아보니, 여러 사람이 놀란 눈을 하고 있었다. 미소는 어떻게 해야 할지 몰라 발만 동동 굴렀다. 그러다가 휴대폰을 꺼냈다. 아빠 번호를 찾아 통화 버튼을 눌렀다. 마음은 급한데 아빠는 다섯, 여섯, 아니 열 번이나 신호음이 가도 전화를 받지 않았다.

아빠가 전화 받기를 기다리는 동안에도 태극이는 접수대 언니에게 소리를 지르고 있었다.

"어떻게 좀 해 주세요! 우리 엄마가 아프다고요!"

"이봐, 학생. 병원 규칙이 그런 걸 여기서 소란을 피우면 어떡해?"

"아무리 그래도 아픈 사람을 이렇게 내버려 둬도 되는 거냐고요!"

"학생!"

잠시 뒤, 접수대 안쪽에서 양복을 입은 아저씨가 나타났다.

아저씨는 언니 둘에게 무언가를 묻는 듯하더니 태극이에게 다가왔다. 거의 동시에, 접수대 앞으로 늘어선 사람들 틈에서 경비 아저씨도 나타났다. 바로 그때, 아빠가 전화를 받았다. 미소가 소리쳤다.

"아빠, 어디예요?"

"응. 음성 메시지 들었어. 지금 가고 있어. 별일 없는 거야?"

"없긴 왜 없어요. 언제 와요? 여기 희망병원이에요."

"병원? 누가 다쳤니? 다들 무사한 거야? 누구누구 있어?"

"태극이 엄마가 많이 아파요. 그런데 치료를 안 해 준대요."

"무슨 말이야? 왜?"

"접수가 안 된대요."

"그게 무슨 말……."

바로 그때였다. 양복을 입은 아저씨와 경비 아저씨가 태극이를 양쪽에서 붙잡고 접수대에서 끌어냈다. 태극이가 발버둥을 쳤다.

"놔요! 이거 놓으란 말이에요!"

"아빠, 잠깐만요!"

그 모습을 보고 미소는 전화를 끊었다. 그리고 태극이에게 달려갔다.

"아저씨, 왜 이러는 거예요?"

미소가 아저씨들 앞을 가로막았다.

“저리 비켜라. 지금 장난으로 이러는 거 아니니까.”

경비 아저씨의 딱딱한 표정, 험한 한마디에 미소는 아무 말도 못 하고 길을 내주었다. 태극이도 대기실 복도를 가로질러 현관 출입구 앞에 다다랐을 무렵에는 더 이상 저항하지 않았다.

“미소야, 어떻게 하지?”

본오가 쫓아와 물었다.

“태극이 엄마는?”

“저쪽에…….”

돌아보니 다림이와 세민이가 태극이 엄마를 부축해서 이쪽으로 걸어오고 있었다. 하는 수 없이 미소는 바깥으로 나갔다. 태극이가 병원 밖에 멍하니 서 있다 엄마를 보고 달려갔다.

“엄마!”

태극이는 엄마를 부축해 안았다. 그러나 순간, 태극이 엄마는 심하게 기침을 하면서 그 자리에 풀썩 주저앉고 말았다.

그때 누군가 미소의 이름을 크게 불렀다.

“미소야!”

아빠가 택시에서 내리자마자 달려왔다. 그 뒤로 짝퉁샘이 따라왔다.

*

태극이가 짝퉁샘과 함께 나란히 병실로 들어가는 것을 확인한 뒤, 미소는 돌아섰다. 기다렸다는 듯 아빠가 미소의 어깨를 이끌었다.

"자, 1층 휴게실로 가자. 김석원 선생님이 거기서 기다리라고 하셨어."

아빠는 미소를 안심시키려는 듯 어깨를 다독였다.

"이제 태극이 엄마 괜찮으시겠죠? 큰 병은 아닌 거죠?"

미소는 걸음을 옮기기 전에, 아빠 얼굴을 쳐다보며 물었다.

"응! 급성 폐렴에 약간의 영양실조 정도? 더 자세한 검사는 집 가까운 병원에 가서 하기로 했어."

"언제요? 내일요?"

다림이가 끼어들며 물었다.

"응. 그러니까 너희는 이제 더 이상 걱정 안 해도 돼. 그나저나 너희, 다친 곳은 없니?"

그러고 보니 아까 문신 아저씨에게 졸렸던 목이 이제야 답답한 듯 느껴졌다. 더 아팠더라도 방금 전까지는 그걸 느낄 틈조차 없었다.

태극이 엄마가 거친 기침을 하면서 주저앉고, 결국 일어나지 못해서 발을 동동 구르고 있을 때, 아빠가 짝퉁샘과 함께 택시에서 내렸다. 짝퉁샘과 아빠는 병원에 들어가 30분 만에 되돌아 나왔고, 태극이 엄마는 곧 응급실로 옮겨졌다. 그 직후에 태극이 아빠가 도착했다. 약 한 시간 동안 태극이 엄마는 몇 가지 검사를 받고 난 뒤에 입원실로 들어갔다.

"돈은요? 돈은 어떻게 되는 거예요? 태극이 엄마가 빌린 돈 말이에요."

엘리베이터에 올라타자, 세민이가 낮은 소리로 물었다.

"그건 나도 자세히는 몰라. 오면서 선생님과 이야기를 나눴는데, 좀 복잡해. 그 식당 주인이 고액 이자로 돈을 빌려주었고, 태극이 엄마는 식당 일을 하면서 갚기로 했나 봐. 그런데 식당 주인이 월급도 적게 주고, 휴일도 없이 일을 시키고⋯⋯. 이런저런 내용들을 다 따져서 계산하면 아마 꽤 갚은 거 같아. 모자라는 건 차차 갚으면 되고."

"태극이 아빠도요?"

"응, 그런 건 너희가 걱정하지 않아도 돼."

"태극이네 가족은 이제 함께 사는 거예요?"

"그럴 거야."

다림이의 질문에 아빠는 고개를 끄덕이며 대답했다.

그때 엘리베이터 문이 열렸다. 바로 앞에 휴게실 간판이 보였다. 환자복을 입은 사람들이 오가고 있었다. 다림이가 가장 먼저 휴게실 문을 열고 안으로 들어갔다.

"그런데 꼭 그렇게까지 해야 했을까?"

휴게실에서 의자를 끌어다 앉으며 세민이는 혼잣말처럼

내뱉었다. 소리가 좀 컸는지, 아빠와 다른 아이들은 물론 주위에 있는 몇몇 사람이 힐끔 쳐다보았다.

"무슨 말이야? 뭐가?"

미소는 세민이를 똑바로 쳐다보며 물었다. 그 말이 꼭 자신에게 한 것처럼 생각되어서였다.

"태극이 말이야. 아무리 돈이 필요했더라도……."

세민이는 뒷말을 흐렸다.

"난 조금은 이해되는데. 엄마가 진 빚을 빨리 갚고, 집으로 모셔 오려고 했던 거 아닐까?"

다림이였다. 아까는 세민이를 따라가더니, 이제 조금은 태극이를 이해해 주는 것 같아서 미소는 녀석이 고마웠다. 중심이 분명치 않은 녀석이라, 또 어디로 튈지는 모르지만.

미소는 자신도 모르게 고개를 주억거렸다. 본오도 덩달아 머리를 끄덕였다.

"그래서 알바를 두세 개씩 한 거고?"

세민이는 뒷말을 꺾어 올렸다. 빈정거리는 투가 역력했다. 미소는 세민이가 꼭 자기에게 빈정대는 것 같아 얼굴이 뜨거웠다.

"그래, 맞아."

본오가 쭈뼛거리며 나섰다.

"쳇! 아무리 그래도 그렇지."

"물론 태극이도 마음은 편치 않았을 거야. 엄마를 돕고 싶은 마음에 무리수를 둔 거겠지."

이번에는 아빠였다.

"무슨 말이에요?"

"태극이도 자신이 한 일이 결코 옳은 일이 아니란 걸 알고 있었을 거란 뜻이야. 하지만 돈이 필요했고, 자신을 그렇게 만든 사람들이 밉기도 했을 테지. 아빠도 조금은 이해가 돼. 물론 그렇다고 해서 태극이가 한 일을 모두 용서해 주자는 얘기는 아니야. 무슨 말인지 알지?"

세민이가 머리를 끄덕였다. 미소 역시 얼결에 고개를 주억거렸다. 하지만 여전히 알 수 없는 어떤 이유로 미소는 마음이 편치만은 않았다. 그게 뭘까?

'그래! 태극이가 아이들을 셔틀시키고 나쁜 짓을 한 이유가 엄마를 위해서였다니, 그럴 수 있다고 치자. 물론 나중에라도 마땅한 벌을 받아야겠지만. 아, 그리고 짝퉁샘이 그런 태극이를 비호한 데는 8년 전의 악몽이 나름 영향을 미쳤을 거다. 더구나 짝퉁샘이 태극이를 마냥 싸고돈 것만은 아니지 않은가. 꾸중하고, 회초리로 때리고, 반성문도 쓰게 했다.'

그런데 대체 무엇이 문제일까? 조금은 속이 후련해야 할 텐데, 이상하게도 그렇지가 않았다.

바로 그때였다. 잠깐 동안 아무도 입을 열지 않는 사이, 뜬

금없이 다림이가 물었다.

"근데 너, 진짜 태극이 좋아하니?"

허억! 참으로 묵직한 돌직구였다. 순간, 미소는 막 목구멍으로 넘기려던 포도 주스를 뱉어 내고 말았다.

"으악! 더러워!"

세민이가 뒤로 물러나며 말했다.

"너 죽을래? 아니라고 했잖아! 그리고 갑자기 여기서 그런 말이 왜 나와?"

하지만 얼굴이 더 뜨겁게 달아오르는 건 어쩔 수가 없었다. 게다가 포도 주스가 코로 주르르 흘러내리기까지 했다. 정말 모양 빠지는 일이었다.

"아, 알았어. 미안. 그렇지만 넌 언제부턴가 계속 태극이 편만 들었잖아."

"그렇다니까. 결국 시바클럽은 애초에······."

세민이까지 나섰다. 그뿐만 아니라 본오는 옆에서 고개를 끄덕여 댔다.

"이것들이 정말! 너희 다 죽고 싶······."

미소는 발딱 일어났다. 얼굴이 화끈거렸다. 아니, 머리 꼭대기에서 김이 날 기세였다. 그런데 결정적으로 아빠가 한 방 먹였다.

"아니면 됐지, 왜 이렇게 화를 내? 너무 오버하는 거 아니

234

야? 그게 더 수상한데, 잔소리 2호?"

"아, 아빠!"

"코에서 보라색 물 나온다. 그거나 먼저 닦아. 하하!"

이러다 또 쪽사하겠다, 싶었다. 참으로 기가 막힐 노릇이었다. 그리고 다시 한 번 깨달았다. 안티는 가장 가까운 곳에 있다는 사실?

하지만 미소는 더 이상 변명하지 못했다. 미소의 어깨 너머를 보고 아빠가 벌떡 일어났기 때문이다. 얼른 돌아보니 짝퉁쌤이 휴게실 안으로 들어서고 있었다. 짝퉁쌤은 이쪽으로 성큼성큼 다가왔다.

"미소 아버님, 아이들 데리고 먼저 돌아가세요. 저는 아직 보험이랑 해결해야 할 문제가 조금 남아서요. 아, 그리고 너희는 토요일에 둘리분식에서 보자. 선생님이 꼭 할 말이 있어. 고마움의 표시도 해야 하고. 김떡순으로 푸짐하게 쏠게!"

어울리지 않게 짝퉁쌤은 환하게 웃었다. 어색했다. 어른이 김떡순이란 말을 서슴없이 해서인지도 몰랐다.

겨루기 혹은 밀당?

"이제 우리 씨발클럽은 해체되는 거야?"

"야! 너, 일부러 그러는 거지?"

미소는 단무지를 썰다 말고 소리를 꽥 질렀다. 그러나 다림이는 방금 자른 단무지 하나를 입에 넣고는 고개를 절레절레 흔들었다.

"아니야. 자꾸만 발음이 세게 나와서 그러지. 근데, 태극이는 안 와?"

"태극이가 왜 와? 아니, 태극이보다 넌 왜 온 거야? 너 학원 안 가?"

"왜애? 짝퉁샘, 아니 김석원 선생님이 오늘 김떡순 쏘신다고 했잖아! 세민아, 맞지?"

다림이는 아빠가 있는 주방 쪽을 힐끔거리면서 말했다. 세민이는 피식 웃기만 했다.

더 이상 할 말이 없었다. 미소는 통단무지 하나를 꺼내 도마 위에 올려놓고 반으로 죽 갈랐다. 그리고 한쪽을 붙잡고 썰기 시작했다.

탁, 탁, 타타탁!

도마에 칼 부딪치는 소리가 경쾌하게 들렸다. 그 모습을 본 세민이가 다가와 앉았다.

"근데 너, 단무지 정말 잘 자른다. 어쩜 굵기가 똑같아."

세민이가 큰 눈을 반짝거리며 말했다. 그러고 보니 세민이도 평범한 아이는 아니다. 단무지 자르는 게 무슨 감동받을 일이라고 턱까지 괴고 밀도 있게 관찰하는 걸까. 미소는 피식 웃음이 나왔다. 이런 아이들을 데리고 그 험한 일을 했다고 생각하니, 다시 한 번 소름이 돋았다.

그때, 옆 탁자에 놓아둔 휴대폰이 짧게 울렸다. 미소는 메시지 창을 열었다. 뜻밖에도 태극이였다.

> 미소야.
> 이따 도장에서 보자.

"어? 혹시 태극이야? 뭐래?"

옆에서 기웃거리던 세민이가 물었다. 그와 동시에 다림이가 득달같이 달려왔다.

"태극이? 이리로 온대?"

"아니야!"

미소가 소리를 빽 질렀다. 그러고는 혼잣말처럼 중얼거렸다.

"지가 누굴 보고 오라 가라야!"

미소는 자리에서 일어났다. 바로 그때, 둘리분식 문이 열렸다. 짝퉁샘이었다.

"안녕하세요! 선생님!"

다림이가 가장 먼저 인사를 하더니, 무슨 오랜만에 주인 만난 강아지처럼 아양을 떨었다. 한 대 쥐어박고 싶었다. 미소는 고개만 꾸벅 숙였다.

"그래. 다들 모였구나. 아, 본오가 빠졌네?"

"본오는 학원 때문에 못 온댔어요."

세민이가 대답했다.

"아, 선생님. 오셨어요? 이쪽으로 앉으세요."

아빠가 주방에서 나오며 인사를 했고, 주방과 가장 가까운 의자를 권했다.

"미소야, 이리 와서 아빠 좀 도와!"

짝퉁샘이 자리에 앉자 아빠가 말했다. 미소는 주방으로 들어갔다.

헉! 미소는 깜짝 놀랐다. 커다란 접시에 김밥이 한가득, 그리고 또 정체를 알 수 없는 라면 요리 두 접시. 아침부터 주방에서 꼼짝 않더니…….

"아빠! 이게 다 뭐예요? 선생님은 김떡순이랬잖아요."

"어떻게 선생님께 김떡순만 드려. 내가 오늘은 스페셜 요리를 준비했지."

'휴! 하긴 아빠가 스페셜이 아닌 때가 어디에 있겠어요.'

미소는 피식 웃고 말았다.

＊

접시에 수북하게 쌓여 있던 김밥이 절반으로 줄어들었을 때쯤, 짝퉁샘이 무겁게 입을 열었다.

"내가 베트남에 파견된 게 아마 1974년쯤이었을 거야. 월남전이 거의 끝날 무렵이었지. 지금 생각하면 조금 안타까워. 전쟁이 조금만 더 일찍 끝났더라면 난 베트남에 가지 않았을 수도 있는데 말이야."

"왜요? 멋있잖아요. 선생님, 탱크도 타 보고 M60 기관총도 쏴 보셨죠? 가슴에 수류탄을 주렁주렁…….'

다림이가 깐족거리며 나섰다. 입속에 넣었던 김밥 알갱이 두어 개가 튀어나왔다. 미소는 다림이의 팔을 툭 쳤다. 김밥 때문이 아니라, 함부로 떠들다가 짝퉁샘 집에 몰래 들어갔던 일이 탄로 날 것 같아서였다.

"다림아, 아무리 그래도 전쟁은 끔찍한 거야."

아빠가 다림이에게 말했고, 이어 짝퉁샘이 쓸쓸한 표정으로 말했다.

"그래, 슬픈 거야."

"슬퍼요?"

"사람이 죽고 다치는 일이니까."

"그리고 사랑하는 사람들과 이별해야 하는 일이고……."

이번에도 아빠와 짝퉁샘이 약속이나 한 듯 차례로 말했다. 미소는 점점 더 쓸쓸해지는 짝퉁샘의 얼굴을 유심히 바라보았다. 미소만 느끼는 것일까. 가늘게 뜬 짝퉁샘의 눈에서 금방이라도 눈물이 쏟아질 것 같았다. 흰 눈썹이, 그리고 입술이 파르르 떨렸다. 교실에서 보던 짝퉁샘의 모습이 아니었다.

다림이도 분위기를 알아챘는지 더 이상 아무 말도 하지 않았다. 그리고 기다렸다. 세민이는 큰 눈을 깜빡거렸고, 미소는 침을 꿀꺽 삼키며 짝퉁샘의 말을 기다렸다.

"맞는 말이야. 그 전쟁이 끝났을 때 아들을……."

짝퉁샘이 잠시 머뭇거렸다. 다들 서로 쳐다보다 짝퉁샘의 눈치를 보았다. 짝퉁샘은 곧 말을 이었다.

"그곳에 아들을 남겨 두고 왔단다."

"네? 아들요? 라이따이한요?"

다림이가 반사적으로 되물었다. 일부러 그런 건 아니겠지만, 목소리가 커서 경박스럽게 들렸다. 미소는 눈짓으로 핀잔을 주었다.

　하지만 짝퉁샘은 그에 아랑곳하지 않고 고개를 끄덕였다.

　"혹시 그 아들이라는 분, 태극이랑 닮았어요?"

　미소는 깜짝 놀랐다. 다림이가 무슨 생각으로 그런 질문을 한 걸까. 미소는 짝퉁샘의 책상 위에 놓여 있는 액자 속 사진을 떠올렸다.

　"그래, 닮았지. 하지만 한국에 데리고 오지는 못했어."

　"전쟁이 끝났는데도요?"

　"전쟁이 끝나고 20년이 지나도록 우리나라는 베트남과 국교를 맺지 않았어. 그 때문에 한동안 갈 수가 없었지."

　세민이는 고개를 끄덕였다.

　"그럼, 그 사진은…… 앗!"

　엉뚱한 데서 사고가 터졌다. 다림이가 아닌 세민이었다.

　"사진? 혹, 내 책상 위에 있는 사진을 본 게로구나."

　세민이는 이미 얼굴이 빨개졌고, 미소 역시 후끈거려서 안절부절못했다.

　"지난번에 태극이 찾으러 갔다가……. 죄송해요, 선생님."

　"아니다, 괜찮아. 그래, 너희가 본 사진 속의 아이가 베트남에 두고 온 내 아들이란다. 훗날 알았지만, 아이 엄마가 이름을 '타이끅'이라 지었대."

"앗! 가셨어요, 베트남에? 만나셨어요?"

다림이가 눈을 깜빡이며 물었다.

"갔지. 17년이 지난 뒤. 그곳 사람들한테 부탁해서 수소문했는데, 무슨 사정인지 그 애 엄마가 사진만 보내왔어."

"타이끅인가, 하는 그분은요?"

"그 아이는 이름을 바꾸고 잘살고 있다는 편지만 남겼다는구나."

"어휴! 왜 이름까지 바꿨을까요? 이름이 그대로면 나중에라도 찾을 수 있잖아요."

다림이가 무심코 한마디 던졌다. 그런데 그때 짝퉁샘이 이상한 말을 했다.

"한국 이름이었으니까! 한국 이름을 그대로 쓰고 있었으면 위험했을 거야. 그 사람들은 한국 군인들과 적으로 지냈으니 말이다."

"네? 타이끅이 한국 이름이에요?"

"그래. 우리말 '태극'을 베트남 말로 그렇게 부른단다."

"네에?"

다림이 입이 크게 벌어졌다. 미소는 가슴이 얼어붙는 기분이었다. 그 아이, 짝퉁샘이 베트남에 두고 온 아들 이름이 태극이었다고?

"실은 내가 베트남을 떠나기 전에 애 엄마한테 부탁했어. 아이를 낳으면 그렇게 지어 달라고."

"……."

"사진 속 그 애가 태극이와 어찌나 닮았던지……."

한참을 아무도 입을 열지 않았다. 다림이는 멍하니 짝퉁샘만 처다보았고, 아빠는 살짝 고개를 숙인 채, 이따금 버릇처럼 고개를 끄덕였다. 그래서 더더욱 누구도 입을 열 수가 없었다.

그런데 문득 세민이가 물었다.

"그래서 베트남에 자주 가셨던 거예요? 인터넷에서 선생님이 라이따이한에 대해 쓰신 글도 봤어요."

"맞다. 어떤 식으로든 책임을 지고 싶었어. 베트남에서 라이따이한들은 아버지가 한국인이라는 이유만으로 차별받고 있단다. 우리가 지금 태극이와 같은 아이들에게 하는 것과 똑같은 차별 말이다."

"그렇다고 아들과 닮았다는 이유로 무조건 태극이 편을 드는 것도……."

세민이의 말에 미소는 녀석에게 생각보다 당돌한 구석이 있다고 생각했다.

"그렇게 보였다면 미안하구나. 다만, 내가 태극이 같은 아이들한테 더 관심을 가진 건, 우리에게도 책임이 있기 때문이야."

"우리요?"

"그래. 너희가 이해할지 모르겠지만, 한때는 우리가 그 나라에 가서 책임지지 못할 일을 저질렀고, 지금은 우리나라에서 또 그들을 힘들게 하고 있잖니?"

"……."

"난 태극이가 타이끅과 닮지 않았더라도, 그리고 태극이가 아닌 그 누구에게라도 그렇게 했을 거야. 내 말 이해하겠니?"

짝퉁샘은 흰 머리칼을 여러 번 쓸어 넘겼다. 짝퉁샘 눈가는 어느새 촉촉하게 젖어 있었다.

✳

아이들이 모두 돌아간 뒤에도, 짝퉁샘의 말은 오래도록 여운이 남았다. 그걸 온전히 이해하기까지는 시간이 걸릴 테지만, 어렴풋이 알 듯도 했다.

해가 둘리분식 창을 비추기 시작할 무렵, 미소는 밖으로 나섰다. 바람이 시원하게 불었다. 자신도 모르게 미소는 태권도장으로 향했다.

태극이가 보낸 메시지 때문은 아니다, 라고 되뇌었지만, 마음 한편으로는 그래도 한번은 만나야 하지 않겠느냐며 자신을 다독거렸다.

주말이라 태권도장에는 시합을 앞두고 연습 중인 고등학

생 오빠 둘과 언니 한 명뿐이었다.

미소는 도복을 갈아입고 줄넘기부터 집어 들었다. 그리고 필요 이상으로 빨리, 그리고 많이 줄을 넘었다.

줄넘기를 5백 개쯤 했을 때 태권도장 문이 열렸다. 그리고 태극이가 들어왔다. 미소는 태극이와 눈이 마주쳤지만, 고개를 돌렸다. 아직 태극이에게 화가 나 있거나 남은 감정이 있어서가 아니었다. 솔직히 무슨 말을 해야 할지 몰랐다.

"아, 태극이 왔구나. 아버님께 얘기 들었어. 어서 와라!"

사범님이 탈의실에서 나오며 말했다. 태극이는 고개를 꾸벅 숙여 보였다.

"학교를 옮겼다는 소식은 들었다. 어머니는 이제 괜찮으시니?"

"네. 엊그제 퇴원하셨어요."

"그래서 그런지 표정이 많이 밝아졌구나."

미소도 같은 생각이었다. 하긴 그럴 터였다. 태극이 엄마는 무사히 돌아왔고, 게다가 다다음 달부터 짜오메이라는 베트남 쌀국수집의 주방장으로 일하게 되었으니까. 그 베트남 쌀국수집은 짝퉁샘의 먼 친척이 운영하는 곳이었다. 아빠 말로는 짝퉁샘이 그 식당에 투자를 많이 했고, 그래서 음식점 이름을 짝퉁샘이 지었다고 했다. 사실, 미소는 아빠에게서 짝퉁샘이 베트남에 두고 온 부인의 이름이 짜오메이라는 이야기를 들었을 때, 적잖이 놀랐다.

"당장 오늘부터 연습하는 거지? 시합이 넉 달밖에 안 남았어."

사범님의 말에 태극이가 낮은 소리로 대답했다.

"네!"

"좋아! 일단 몸 좀 풀고 있어."

사범님은 태극이의 어깨를 툭툭 쳤다. 그때 미소가 큰 소리로 말했다.

"사범님, 태극이랑 겨루기를 하고 싶은데요!"

"무슨 말이야? 체급도 다르고, 중학생부터는 남녀 겨루기를 안 시키잖아."

사범님이 놀란 듯 물었다.

"체급이 문제가 아니라, 한동안 도장엘 안 나왔으니 실전 감각이 어느 정도인지 테스트해 봐야죠."

"그렇기는 하지만, 네가…… 괜찮겠어?"

미심쩍은 듯 사범님이 말했다.

"무슨 말씀이세요. 저는 꾸준히 연습했지만, 태극이는 전혀 안 했어요. 제가 질까 봐요?"

"아니야. 그럼, 태극이 너는 어때? 해 볼래?"

태극이는 미소를 한 번 쳐다보더니 고개를 끄덕였다.

태극이는 탈의실로 들어갔다. 그 뒷모습을 보면서 미소는 아주 잠깐 동안 '내가 지금 뭘 하려는 거지?' 하는 생각이 들었다. 하지만 지난번 쪽사할 뻔했을 때의 실수를 반드시 설욕해야겠다 싶었다. 미소는 줄넘기를 내려놓고, 헤드기어와 보호 장구를 착용했다.

도복의 끈을 한 번 더 조여 맸을 때, 태극이가 탈의실에서 나왔다. 깔끔하게 빨아 입은 태극이의 도복이 희게 빛났다. 거뭇한 얼굴 때문에 더 희어 보이는지도 몰랐다. 태극이가 도복을 입은 모습은 참으로 오랜만이었다. 태극이는 보호 장구를 착용한 다음, 곧바로 매트 한가운데로 나왔다.

"자, 준비됐지?"

사범님이 말했다. 그리고 곧바로 호루라기를 불었다.

태극이가 몸을 사뿐사뿐 움직여 이리저리 뛰었다. 아주 경쾌해 보였다. 미소도 비슷한 속도로 맞추어 함께 뛰었다. 그러면서 말했다.

"도장에는 뭐하러 나온 거야?"

"운동하려고!"

"왜, 싫다며? 돈이나 벌겠다며?"

"미, 미안해!"

태극이가 조금 당황해했다. 미소는 그 틈에 오른발앞차기를 시도했다. 발등이 태극이의 허리께를 스쳤다.

"뭐? 지금 뭐라고 했어?"

"미안하다고."

태극이가 대답하는 사이, 미소는 오른쪽으로 움직이며 앞차기 연속 공격을 시도했다. 발이 태극이의 보호 장구에 부딪쳐 탁탁 소리가 났지만, 유효타는 없었다. 태극이는 미소의 발차기를 두 번은 피하고, 한 번은 막아 냈다.

화가 났다. 공격이 먹히지 않아서가 아니라 태극이의 대답이 너무 쉽게 나와서였다. 이렇게 쉬운 걸 왜 진작 하지 않았느냐고 소리치고 싶었다.

"다시 말해 봐. 고작 한다는 소리가 그거야? 나쁜 놈!"

이번에는 앞차기를 하는 척하다 돌려차기. 발뒤꿈치가 허공을 날았다. 하지만 연속 돌려차기. 이번에는 발끝이 태극이의 가슴에 닿았다.

아뿔싸! 연속 돌려차기는 무리였는지 미소는 균형을 잃으며 비틀거렸다. 순간 느끼기에도 공격당하기 딱 좋은 상황이었다.

그러나 공격은 없었다. 빈틈을 보였는데도 태극이는 앞에서 통통 튀어 오를 뿐 공격하지 않았다.

"너, 왜 공격 안 해?"

미소는 자세를 바로잡고 다시 마주 서면서 물었다. 태극이는 대답하지 않았다. 그래서 다그쳤다.

"왜? 또 나 봐주는 거야? 내가 그렇게 우스워?"

"아니야! 그런 거 아니야."

"그런데 왜? 아님, 또 꽃무늬 브라자라도 보고 있냐? 변태 같은 놈아!"

"미소야."

"내 이름 부르지 마!"

이번에는 뒤로 살짝 물러서는 태극이를 향해 오른발을 쭉 뻗어 올렸다. 그리고 발끝으로 놈의 가슴팍을 묵직하게 내리 찍었다. 태극이는 그 충격으로 뒤로 비틀거렸다. 미소는 기회를 놓치지 않고 놈의 허리를 감아 찼다.

"우욱!"

태극이는 결국 옆으로 넘어졌다. 하지만 태극이는 금세 일어섰고, 미소는 한 번 더 아까 실패한 돌려차기를 시도했다. 이번에도 발끝으로 태극이의 어깨를 찍었다. 태극이는 다시 넘어졌다.

동시에 사범님이 소리쳤다.

"그만!"

숨이 찼다. 미소는 숨을 몰아쉬며 넘어져 있는 태극이에게 다가갔다. 그리고 태극이를 내려다보면서 말했다.

"별것도 아닌 놈이 왜 까불어?"

그런데 뭐지? 태극이가 씩 웃더니 이렇게 말했다.

"미소야! 미안해."

"뭐?"

"열심히 할게. 꼭 금메달 따서 너한테 줄게! 정말 고마워!"

"금메달을 따든지 말든지. 그걸 왜 나한테 준다는 거야?"

미소는 소리를 질렀다. 별 미친놈이 다 있구나, 하는 표정으로 태극이를 쳐다보았다. 그래도 태극이는 웃었다. 아무리 험한 표정으로 노려보아도 그저 웃기만 했다.

우리가 사는 모습은 참으로 다채롭습니다. 그래서 이야기도 각양각색이지요. 그런 다양한 이야기를 재미있게 써 보고 싶은 게, 작가로서 작은 바람 중 하나입니다. 물론, 작가의 능력이 그만큼 되어야 가능한 일이겠지요. 그러기 위해서는 부단히 써야 함도 잊지 않고 있습니다.

지금 또 하나의 소설을 발표하면서, '노력하지 않는 작가는 결코 진화할 수 없다'는 말 앞에 부끄러움이 없는지 가만가만 되뇌어 봅니다. 욕심만 많아서 쓰고 싶은 것도 많고, 들려주고 싶은 이야기도 많은데, 그 모든 게 좋은 이야기가 되리라고는 생각하지 않습니다. 하나씩 차분하게 또 나아가 보겠습니다.

이 이야기는 이름도 해괴한 '시바클럽'의 세 주인공들이 이끌고 있습니다. 그리고 이들이 뒤쫓는 또 다른 주인공 태극이는, 학교에서 '짱 먹는' 태권도 유단자입니다. 녀석은 '집 나와 개고생' 하는 영어를 자랑하는 짝퉁샘의 비호를 받고 있지요. 그래서 시바클럽은 이 두 사람의 수상한 관계를 파헤치려 합니다.

이 이야기도 다채로운 이야기 중 하나입니다. 다만, 하필 지금 이 이야기를 꺼낸 것은, 먼 훗날을 위해서입니다. 이들이 자라 어른이 되었을 때의 세상을 생각하면서, 서로 '다른'(하지만 '틀린'

것이 아닌) 모습으로 만나 어떻게 '함께' 살아가야 하는지를 묻고 싶었지요. 미래의 세상은, 옳든 그르든 이 책의 주인공들이 살아갈 세상이니까요. 더불어 지금 우리는 누군가를 터무니없는 이유로 미워하고 따돌릴 때가 아니라는 것, 결국 함께여야만 한다는 것, 그래야만 미래도 꿈꿀 수 있다, 고 말하고 싶었습니다.

기어코 내 상상력의 풀밭으로 찾아와 천방지축 뛰어다니며 이야기를 만들어 준 주인공들이 무척 고맙습니다. 그리고 좋은 말씀으로 용기를 주신 이옥수 선생님께 감사드립니다. 날것과 다름없는 이야기를 다스려 기꺼이 책으로 엮어 준 출판사 식구들에게도 고마움을 전합니다.

그리고 다시 약속할게요. '흑건 위의 백묘(白猫)'를 상상하며 뜨겁게 대학로를 뛰어다니던 나의 주인공 'A'의 개러지 밴드 이야기로 금방 돌아오겠다고 말이에요. 그런 다음엔 이 책의 미래가 될, 2134년 12월 24일, 베트남계 엄마와 조선족 아빠 사이에서 태어난 '한국인 소녀'가 에너지 고갈로 폐허가 된 서울을 탈출하는 이야기로 여러분을 만나겠습니다.

한정영

누구든 돈만 내라. 수업 시간에 창피를 준 선생님의 자동차 유리에 흰우유, 초코우유, 딸기우유로 삼단 콤보 장식도 해 준다. 실수를 가장해 선생님 옷에 커피도 뒤집어씌워 준다. 숙제도 해 주고, 학원도 대신 가 준다. 오직 돈벌이를 위해 나선 태극이의 묻지마 심부름센터는 아이들을 앵벌이까지 시킨다. 그런데 이런 못된 '일진' 태극이를 짝퉁샘은 왜 죽자고 편드는 걸까? 안 그래도 이들의 구린 꼴을 더 이상 볼 수 없어서, 미소는 성경에 나오는 시바의 여왕이란 이름으로 '시바클럽'을 조직한다. 절대 잉여 짓이 아닌, 시바클럽의 은밀한 활동이 악의 고리를 끊고 학교의 미래를 바꿔 놓을 것이라는 믿음으로.

시바클럽이 끈질기게 따라붙으며 밝혀낸 짝퉁샘과 일진 태극이의 비밀, 그 비밀과 맞닿는 순간 시바클럽의 존재 자체가 허물어져 내린다. 이미 짝퉁샘 옆에 선 나도 태극이에게 슬그머니 손을 내밀고 있었으니까. 생존을 위해 몸부림치는 아픈 청춘 태극이, 그 청춘을 자신의 과거에 포개어 끝까지 끌어안고 가는 괜찮은 어른 짝퉁샘.

인생의 묘미는 여기에 있는 것이 아닐까? 금방 끝장날 것 같다가도 또 어떻게든 살아날 구멍이 생기는 것. 그렇다. 이 책의 주인공 태극이처럼 아픈 청춘들아, 왜 나만 이렇게 아파야 하느냐고 원망하지 마라! 세상 그 어느 가슴이든 열어 보면 아프지 않은 가슴이 없고, 어느 집 현관이든 열고 들어가 보면 문제없는 집이 없다. 오직 우리는 미소와 같은 친구들과 손을 꽉 잡고 앞을 향해 나아가는 거다!

　한정영 작가는 캐릭터를 만들어 내는 데 천재다. 버터치즈볶음라면, 굴짬뽕맛매운라면, 계란말이볶음라면 등 오직 라면 하나에 홀릭한 자칭 장만옥 셰프, 비비탄총 덕후이자 진정한 스나이퍼 다림이, 한없이 여리지만 할 말은 하는 반장 세민이, 태극이의 꼬붕 본오. 책 속 인물들은 금방 옆에서 본 듯, 손에 잡힐 듯, 아니 책에서 끄집어내어 앞에 앉히고 김떡순을 먹어도 될 만큼 생생하게 제자리를 찾아 움직이고 있다. 이 작가가 실로 부러운 이유다.

이옥수(아동청소년책 작가)